U0828008

TopBook

一个人，遇见一本书　　饕书客

竹取物語
御伽草子

如夏夜绮梦空中明月，是『乌托邦』
里住着的『神仙姐姐』
《辉夜姬物语》原版故事

美与丑，善与恶，现实与理想，
幻灭与永生

日本最古老的物语文学，首次
生动展现『人』的内心世界

（日）佚 名／著
王新禧／译

陕西新华出版传媒集团
陕西人民出版社

图书在版编目(CIP)数据

竹取物语 御伽草子 /（日）佚名著；王新禧译.
— 西安：陕西人民出版社，2019
ISBN 978-7-224-13199-4

Ⅰ.①竹… Ⅱ.①佚… ②王… Ⅲ.①民间故事—作品集—日本—古代 Ⅳ.①I313.73

中国版本图书馆 CIP 数据核字(2019)第 083067 号

出 品 人： 惠西平
总 策 划： 宋亚萍
出版统筹： 关 宁 韩 琳
策划编辑： 张启阳 王 凌
责任编辑： 王 倩 晏 藜
封面设计： 哲 峰

竹取物语 御伽草子

作　　者 ［日］佚 名
译　　者 王新禧
出版发行 陕西新华出版传媒集团 陕西人民出版社
（西安北大街 147 号 邮编:710003）
印　　刷 西安市建明工贸有限责任公司
开　　本 787mm×1092mm 32 开 5.875 印张
字　　数 100 千字
版　　次 2019 年 8 月第 1 版 2019 年 8 月第 1 次印刷
书　　号 ISBN 978-7-224-13199-4
定　　价 27.00 元

如有印装质量问题，请与本社联系调换。电话:029-87205094

译序

一、日本物语文学之祖——《竹取物语》

对于当代读者而言，日本的物语文学应该已十分熟悉。日语中的“物语”一词，意即故事或杂谈。其最早为口头传承，后来发展为文字作品。从平安时代至室町时代流行的传奇小说、和歌式小说、恋爱小说、历史小说、军记小说等，都属于物语文学。而物语文学的鼻祖，便是《竹取物语》。这是第一部以日本自创文字（假名）写成的文学作品，它的出现，突破了以往和歌、汉诗一统文坛的局面，是日本文学由抒情诗向古典小说发展的标志，正式确立了物语作为日本古文学新体裁的地位，开拓了文学的新模式，对后世的诗歌、小说、戏曲都有深远的影响。

《竹取物语》又称《辉夜姬物语》《赫映姬物语》或《赫奕姬物语》[①]，“竹取”即伐竹之意。此书创作年代和作者皆不

①“赫奕”一词形容光辉炫耀、美盛貌，出自《文选·何晏〈景福殿赋〉》：“赫奕章灼，若日月之丽天也。”

详，但从故事内容和相关记录上，可以推断成书于 9 世纪上半叶至 10 世纪初，比《源氏物语》还要早了近一个世纪。其作者一般推断为上层阶级的男性，具有较高的佛学、和歌与汉学修养，并有积极探索、向往自由的知性精神，经日本学者考证后，有源顺、源融、遍昭、贺茂峰雄诸说。

日本南北朝时期的学者，在探索《竹取物语》的素材来源时，推断其取材于中国古籍、印度佛经或朝鲜的笔记小说。特别是辉夜姬要求五位贵公子去取的五件宝物，全部源自中国晚唐前的汉籍；飞升月宫、不死药等情节也明显模仿嫦娥奔月的神话。所以其吸收、改造、提炼中国古代传说的可能性极高。

1957 年底，中国的少年儿童出版社首次以汉文形式发表了藏族民间故事《斑竹姑娘》①，由于两者有着十分相似的文学形象、故事情节和思想观念，随之便有研究认为《竹取物语》系从《斑竹姑娘》演化而来——唐末五代时期就在四川广泛流传的《斑竹姑娘》，由一个留学唐朝的僧人玄昉传入日本后，某位不知名的作者从中受到艺术的启迪和诱发，以日本当时的现实人物为原型，进行了重新加工，增大其虚构性，结合

---

①见少年儿童出版社 1957 年 12 月版藏族民间故事集《金玉凤凰》，田海燕编著。

本土事件（如菅原梶成南海漂流、日本与唐朝贸易往来、富士山火山喷发等）添入独创情节，并加以艺术润色，此后在流传过程中又经过多次增减修改，最终形成了如今所见的定本。又或者传入日本的不是《斑竹姑娘》本身，而是拥有同一祖源的民间故事，日本作者在此基础上改编成了号称“物语之端”的《竹取物语》。

《竹取物语》是日本人在童蒙初启时即已熟知的故事，全作由化生、求婚、抗旨、升天四部分构成，讲述一位伐竹翁从竹筒中得到一个美丽的小女孩，小女孩经三个月后即长大成人，花容月貌，取名“嫩竹之辉夜姬”。五个贵族子弟垂涎辉夜姬的美貌，向她求婚。辉夜姬出难题考验他们，使求婚者全部失败。后来天皇想强娶辉夜姬，也遭到拒绝。最终辉夜姬在凡夫俗子的茫然无措中升天而去。故事自竹而始，以竹贯穿，由竹收尾，语言简洁朴素，结构严谨分明，充满瑰丽想象，生动而引人入胜，令读者进入到清丽雅致的古典文学世界中，为那不同凡响的卓异气息而击掌赞叹。

作为一部极具影响力的经典，《竹取物语》通过庸俗的求婚和机智的拒婚，突出了对权势的抗争，以嘲弄、奚落、痛斥的方式，淋漓尽致地揭示了统治阶层的无知和虚伪，对当时的社会弊端进行了讽刺与针砭。作者对人间病象有着深刻认识，但又苦于无力改变，唯有在空灵美丽的梦境中，寄托自己纯净的感情。辉夜姬就是作者极力塑造的至善至美的理想化形象。这样一个在月亮上诞生、落入凡间的美到极点的女子，其身上有着作者诸多的理想化赋予：美丽、聪敏、纯洁、高贵、重情重义，不仅是位蔑视权贵、以智慧挫败觊觎者的高傲少女，还是一位对养父母充满真挚孝心的好女儿。她富贵不能淫，威武不能屈，不染浊世尘垢，怀抱清高之志，可以说，作者将自己的爱憎、情感完全植入她身上，通过她的言谈举止、一颦一笑，将真实与传奇、浪漫与写实、美好与丑恶、幻灭与永生对立而又和谐地结合在一个整体中，融洽交汇，揭示出人物复杂的内心世界，细腻地表现了她性格中的沉静、忧郁和矛盾。作品最后以升天的洁净与人间的污浊相对比，充满批判意味。

《竹取物语》在创作手法上，吸纳了佛教欣求净土的思想，以及道教飘然出世的神仙思想，具有中国六朝神仙志异的本质要素，带有神奇性，但又不失历史真实性；其语言技巧精细，辞藻华美，对话生动，初步运用了文学的心理描写，并有分寸地把握住人物的基本性格。此外，作品还有节奏地贯串着和歌赠答，形成物语文学作品的典型特征，完全跳脱出了日本传统说话文学的窠臼。尽管还带有初期物语的稚拙及其他一些不足，但以上种种，已使《竹取物语》具有了作为小说所应具备的基本要素，这在日本文学史上的意义是十分重大的。

二、日本民间文学之集大成者——《御伽草子》

历史演进到室町时代（14—16世纪），因南北朝纷争而导致的全国大动荡，使得曾长期占据文坛的贵族文学开始衰落，以民间故事为代表的平民文学得到了高度发展。此类作品的内容大多描写世俗生活、庶民情趣，且篇幅均较短，便于快速阅读，其主要目的就是为了娱乐大众。《御伽草子》即为这些短篇通俗小说的统称。

日语中的“御伽”二字，本意为陪侍、陪伴。“御”是敬语，“伽”的意思是陪无聊者对谈解闷。而“草子”的含义有两种，一为用假名写成的随笔、日记，如著名的《徒然草》《枕草子》《土佐日记》等；二指“册子”（分册编写的书），与“卷”相对应，后来演变成为带插图的短篇通俗读物，专供休闲、消遣用。所以“御伽草子”字面上的翻译就是“消遣解闷的故事”。

《御伽草子》之所以从14世纪开始日益受到重视，原因在于其上承中古时代的物语文学，下启江户时代的读本小说，读者层面不限于公卿贵族，而是广泛普及到下层武士、僧侣、平民中，比诸宫廷文学的受众要多得多。

在日本学界，《御伽草子》有广义和狭义之分。广义泛指室町初期到江户时代所产生的所有通俗民间故事。狭义指江户中期起坊间书商编印的民间故事集。二者互为依托，通过书面形式保存下大量民间传说，是研究日本民俗民风的重要资料。

由于民间故事集合体的特性,《御伽草子》的内容来源相当多样,但原作者及具体创作时代大多不详。主要通过先在民间口耳相传,而后由僧侣、隐士、连歌师、町人等挑选整理,出版商汇编的形式,流布日本全国。1725 年时,大阪书商涩川清右卫门首先将二十三个民间故事编为《御伽草子》,配上插图,冠以《御伽文库》的名称发行。而其他出版商也制作了自己的版本。这就是狭义所指的《御伽草子》。渐渐地,任何在室町时代与江户时代初中期表现出相同风格的故事,都被视为《御伽草子》。到江户后期时,印行的《御伽草子》故事篇数已达三百篇左右,再加上其他手抄本,流传至今的总篇数大约在五百篇上下。

作为大众读物的《御伽草子》,其内容因作者不再是宫廷贵族而是市井人物,故而题材也大多转变为具有日本民族特点的民间故事,文字接近口语,作品类型亦向多样化发展,可以细分为以下九类:

1. 贵族类。主要受王朝物语文学的影响,根据古代长篇贵族物语所改编的短篇故事。如《若草物语》《忍音物语》《假寐草子》之仿《源氏物语》,《小落洼》之仿《落洼物语》,《秋月物语》之仿《住吉物语》等,都与前代王朝文学有着千丝万缕的联系。

2.歌人类。主要以日本历史上的真实歌人为原型，描写他们的恋情、创作与性情。如《小町物语》《业平梦物语》之仿歌物语《伊势物语》，《和泉式部》《西行》等讲述歌人传奇。

3.僧侣类。多取材于僧侣生活，充满佛教思想和说教色彩。如《秋夜长物语》《松帆浦物语》《嵯峨物语》等，写僧侣恋情故事；《御用尼》写老僧破戒失败故事；《三法师》《高野物语》《为世草子》等，写出家遁世与出家后忏悔故事。

4.武家类。继承军记物语的豪迈传统，以真实历史为背景，描写武士的英雄故事。比如《横笛草子》《小敦盛》之仿《平家物语》写源平合战故事；《渡御曹子岛》《弁庆物语》写源义经故事；《师门物语》《村松物语》写地方豪族家奴暴动或复仇故事。

5.神佛鬼怪类。佛教故事、鬼神物语、妖怪退治等，也是大篇幅讲述的重头戏。此类故事的发生背景多为平安时代，那时世界仍明暗未分，人鬼妖魔等杂相共处，形成一个混乱又风雅的时代。其代表作品有《梵天国》《木幡狐》等，以及《表藤太物语》《田村草子》《酒吞童子》之写英雄退治妖怪等。

6.庶民类。《御伽草子》本身即为迎合庶民娱乐的作品，故其中以农民和町人为主人公，描写庶民生活的作品尤其多。内容包括婚恋嫁娶、滑稽笑话、讽刺寓言、立身出世等。讲述小人物幸运巧遇、出人头地的《文正草子》，是其中的典型代表。

7. 异国异界类。故事舞台扩展至中国、印度或龙宫、蓬莱、天界的作品。代表作为《二十四孝》《杨贵妃物语》《蓬莱物语》《法妙童子》《蛤草子》《浦岛太郎》等。

8. 稚子类。以童话、儿物语为底本的故事，主人公都是少年儿童。如著名的《一寸法师》《桃太郎》。

9. 动植物类。主要描写动物、植物的世界，将其拟人化反映人世间的种种悲欢离合。代表作有《猫草子》《鼠草子》《鱼鸟平家》《鸦鹭战役物语》等。①

《御伽草子》内容庞杂、多姿多彩，但它们的共同特点，就是平易单纯、叙述简单，情节经常围绕一个主题人物单线发展，既缺乏对心理状态的细致描写，也缺乏对人物性格的深度刻画。然而其中不少故事也不乏传奇色彩，富有诗意并经常性地引经据典，同时还继承了物语绘卷的传统，在草子中配以诸多绚丽的插画，故而极大地吸引了一般读者的关注，使得《御伽草子》数百年来勃兴不衰，流传

---

①上述分类见于日文维基“御伽草子”条目，叶渭渠、唐月梅著《日本文学史 · 近古卷》亦如是。但原文分为六类，未免较为疏略，译者根据具体故事题材与内容，将之进一步细分为九类。

至今依然阅读、研究者众，其中一些经典名篇，更是脍炙人口，家喻户晓。本书特精选其中十篇，以飨读者。

王新禧

2019 年 2 月修订再版序

目录

竹取物语

一、辉夜姬的出生与成长

昔时，有位伐竹翁，常入山野中伐竹，制成各种竹器贩卖，以此谋生。其名为赞岐造麿。某日，老翁于竹林中望见一根竹子，光彩夺目，熠熠生辉，他心中疑惑，遂近前探视，只见竹筒中光芒四射，再定睛细看，原来是一个身长三寸的小美人，栖居其中。老翁道："你既居于我朝暮所见的竹中，自然是上天赐我的孩子。"于是把小美人捧在手心里，返回自宅，交给妻子抚养。此女姿容明丽，貌美无双，身材娇小玲珑，老夫妻俩将她养在竹篮中。

老翁自得到此女后，每回入山伐竹，都会在竹节中发现黄金。日积月累，老翁变成了一个富翁。

老妪精心抚育竹中女孩，女孩像笋长成竹子那样，一天天大起来，三个月后，已经亭亭玉立，成了一个妙龄少女。老妪为她加笄裳着[1]，宠爱呵护于深闺中，不准出门半步。这女孩的容貌闭月羞花，清丽脱俗，整栋屋子因她而光辉满溢，无一处黑暗。有时老翁心情抑郁，烦恼愁闷，只要一见到这女孩，立时苦痛消散；有时因遇不如意事，怒气勃发，一见这女孩，嗔怒顿止，变得心平气和。

老翁此后依然日日伐竹，所获黄金愈多，终成当地豪富。待那女孩渐渐长大后，老翁自三室户请来斋部秋田给女孩起名。秋田为女孩取名“嫩竹之辉夜姬”，又可写作“赫映姬”。为庆祝女儿得名，老翁大摆筵席，请来诸多艺人，载歌载舞，周边人家无论男女，皆受邀前来赴宴，整整热闹了三天。

二、求婚与难题

世间男子，无论贵贱，风闻此事，都希望能娶辉夜姬为妻。他们仅仅听到辉夜姬的芳名，就已神魂颠倒，心中醉慕，爱火炽热难耐，心想哪怕只一睹娇容都好。然而即使是家住辉夜姬家附近，甚至紧邻她家的人，也无法窥见辉夜姬的容颜。那些男子夜难安寝，暗中于墙上凿洞，窥视张看，聊以慰藉。后

---

①裳着：日本女性的成人式，“裳”是古代贵族礼装的衣裙。第一次把额发向上结起，穿上绚丽的“裳”，束起腰带，是女孩子们迈向成人的标志。

世管这种行为叫“夜窥”[①],就是源于此时。

黑夜中,男子们踯躅于无人处,徘徊不去,可惜都毫无结果。顶多就是向辉夜姬的家人打打招呼,却没有任何人搭理他们。虽然屡屡碰壁,他们也不气馁,特别是那些公子王孙,更是通宵达旦,日夜守候。当然,也有心智不坚者,知道如此下去,只能徒劳无功,所以不再坚持,转身离去。不过,有五名极好色者,一直不肯罢休,仍然对辉夜姬日思夜想,故而不舍旦暮,持续来访。这五人是:石作皇子、车持皇子、右大臣阿倍御主人、大纳言大伴御行、中纳言石上麿吕。

这种自命风流的人,只要风闻某处有美丽女子,哪怕仅仅是薄有姿色,也想着即刻一见。辉夜姬芳名远播,自然令他们兴奋不已,为之神不守舍,寝食俱废。他们早晚徘徊在辉夜姬家附近,却一无所获。有的寄信于鸿雁,却石沉大海;有的相思成疾,作失恋和歌以赠,亦无声无息。五人虽知种种行为,

---

①原文写为“夜这い(よばい)”,本义是夜间趴伏在地,引申出私通之意。“夜这い”最初指日本古代的一种婚姻形式,称为“访妻婚”或“妻问婚”,盛行于大和时代,一直延续至平安时代。这种婚姻是夫妇别居,男女各自住在自己家中,男方在晚上潜入女方家,短则翌日清晨离开,长则在女家逗留多日。所生子女随母亲生活,而男性则负责妻儿的生活费。这种婚姻形式,主体双方处于一种松散结合的关系,相互间并不需要信守婚姻的誓约,男性往往同时有多名妻子,妻子则拥有择夫的权利,也拥有子女的命名权。

均属徒然，但恋心不死，无论霜月[①]严寒逼人、十二月天寒地冻，还是时而骄阳似火、时而电闪雷鸣的六月炎夏，都绝不间断地频频来访。

某日，其中一人终于请出老翁，拜伏施礼，恳求道："请将您的女儿嫁给我吧！"老翁答道："她非我亲生女儿，婚姻大事我不能替她决定。"

日月如梭，光阴飞逝。

那五人回家后，依然对辉夜姬日思夜梦，不能忘怀，只好去求神拜佛，有的祈盼神佛保佑自己成就心愿，有的希望菩萨帮助自己忘却思慕之苦。然而这一切统统无济于事。他们又转念一想："老翁虽然这么说，但女子终归是要出嫁的啊！"于是仍然日复一日，游荡徘徊于辉夜姬家附近，以此显示他们的挚诚爱慕之心。

老翁见状，便对辉夜姬说道："我高贵的女儿啊，你本是神佛转生，并非我的亲骨肉。但毕竟是我劳神费心，将你抚养长大，你能否看在这点微劳上，听我一言？"

辉夜姬答道："无论何言，女儿都愿听从。不过您说我是神佛变化转生，此事向来不知。即便果真如此，女儿也一样视您为亲生父亲。"

---

①日本古称十一月为"霜月"。

老翁道:“这话真令我高兴。老朽今年七十有余,或许旦夕之间,便将命尽。俗话说,男大当婚,女大当嫁,这是人生在世的自然之理,唯有如此,方能繁衍后代,光大门户。即使是你,也不能违背。”

辉夜姬道:“话虽如此,但我实是不愿啊!”

老翁道:“你虽说是神佛转生,但终究是女儿之身。如今我尚在人世,你还可待字闺中,倘若我弃世而去,你该如何是好呢?那五人经年累月频频相顾,可见爱你极深、心志极坚。你能否从中选出一人,与他成婚呢?”

辉夜姬答道:“那些人皆是庸俗之辈啊!倘若不识彼心,贸然成婚,一旦男方生出二心,岂非追悔莫及?所以,不管对方地位如何高贵,即便是举世皆畏之人,如不能深明其心,我也绝不与他定亲。”

老翁点头道:“此话也有道理。那么,你心中欲嫁之人,到底是怎样的呢?那五人可都是真心实意地向你求婚呀!”

辉夜姬答道:“我并不苛求他该是怎样的人,仅有一件小事要他们去办。既然他们五人,爱我恋我之心,难分孰优孰劣,那就请他们去取我最喜欢的物件。谁能取来,谁就是最真诚的人,我就嫁给他。请您将我这番话,转告给他们吧。”

老翁赞道:“此法甚妙。”

日暮时分,五人齐聚,或吹笛,或咏歌,或吟诗,或吹箫,或以扇击节。这时老翁出门,向他们说道:“诸位大人,你们经年累月,不倦来访,实是令蓬荜生辉,使老朽受宠若惊!我已年过七旬,风烛残年,今日难知明日事,故而劝说我那女儿,叫她细细思量,在你们五位中,择选一位托付终身。她却说:‘他们五人,爱我恋我之心,极难分出孰优孰劣。’我想此言也有道理。所以,她的意思是,你们中谁能取来她最喜欢的物件,就说明谁最深情,她就嫁给谁。老朽认为此法颇妙,请诸位大人切勿恚恨。”

五人听罢此语,异口同声道:“此法可行。”老翁便入内告知辉夜姬。

辉夜姬道:“那好,请您转告石作皇子,天竺国有佛之石钵,请为我取来;转告车持皇子,东海有仙山蓬莱,山上有宝树,以白银为根,以黄金为茎,结白玉果实,请他为我折一枝来。再转告右大臣,取唐土之火鼠裘赠我;转告大伴大纳言,将龙首上五色之宝珠取来;至于石上中纳言,请他取燕之子安贝来送我。”

老翁听了,面有难色道:“这明显是在刁难他们嘛。你所希望之物,皆非本国所出,如此难题,我怎好向他们转达呢?”

辉夜姬道:“这有何难?您只管开口便是。”

老翁道:“那我只好先去说一说。”于是出屋,将辉夜姬所言如实转述,随后说道,“情况便是如此,请诸位依言去取那些宝贝吧!”

那五个皇子贵人听了，瞠目结舌，面面相觑，叹息道："出这等难题，倒不如直截了当地明说'请你们离开此地'呢！"言罢，全都无精打采地告辞而去。

三、佛之石钵[①]

尽管如此，五人归家后，个个寻思："若不能娶辉夜姬，活在世上也无意义。"这其中以石作皇子最有心计，他反复琢磨："此石钵既在天竺，按理可以寻来。"但又转念一想："天竺距此极为遥远，石钵又系天竺无二之物，即便跋涉百千万里路程，也未必能取到手啊！"

某日，石作皇子至辉夜姬处，告言："在下今日便动身前往天竺取石钵。"说完便启程而去。

三年过去了，石作皇子来到大和国十市郡某山寺中，将宾头卢[②]尊前已被油烟熏黑的石钵取来，装入锦袋中，并饰以一枝人造花，送到辉夜姬家。

---

①佛之石钵，相传是释迦初悟道时，四大天王所敬奉。唯释迦得用，余人不能持用。释迦灭度后，石钵安置于灵鹫山。

②宾头卢：梵语音译，意为"捷疾"。释迦牟尼四大声闻之一，十八罗汉第一位。出身婆罗门贵族，出家后，证得阿罗汉果。他虽然是罗汉，但爱在人前卖弄本事。据《十诵经》载，佛陀在王舍城时，树提居士将一木钵高高悬起，声言若有沙门能不用梯杖取下此钵，钵便归其所有。宾头卢即入定，用神通力腾空而起取下木钵。佛因他在未受戒人面前妄显神通，遂不准他入于涅槃，命他率一千阿罗汉常住人间，造福世人。

辉夜姬见了，心中疑惑，伸手入钵，摸出一纸。展开细看，是一首和歌：

远渡万水越千山，心力耗竭取石钵，而今取来双泪流。

辉夜姬见那石钵并不发光，甚至连萤火微光也无，便作返歌一首答复：

毫发微光亦不见，暗暗沉沉岂真物？莫非取自小仓山？[①]

于是将石钵归还石作皇子。皇子弃钵于门前，又作歌一首：

钵辉原本如白山[②]**，一遇美人光自消，吾今弃钵不弃汝。**

他将这首歌送予辉夜姬，但辉夜姬不再作返歌，也不再理睬皇子。石作皇子只好黯然离开。他虽弃钵，却依旧爱火不熄，期盼有朝一日，能再有机会求爱。所以，后世将这种恬不知耻的行为，叫作“弃钵”[③]。

四、蓬莱之玉枝

车持皇子素有计谋，他向朝廷诈称患病，须到筑紫国[④]温泉疗养。请得病假后，立时至辉夜姬家，让仆人转告道：“在

---

①小仓山在大和国十市郡。日语中“仓”与“暗”同音。
②白山：日本著名火山，与富士山、立山并列为日本三灵山。
③日语中“钵”与“耻”音近。
④筑紫国：又称筑州，古日本行政区域，位于今日之九州岛。

下这就启程去取玉枝。”言毕即动身赴筑紫。他的部下齐聚难波港送行。皇子对他们说:“此行甚秘,不可外泄。”连随从也不多带,仅带几名心腹近侍,开船出发。送行者目送大船远去后,都返回京中。

如此一来,人人皆以为车持皇子已赴筑紫国,哪承想三天后,皇子的船又悄悄折返难波港。

他处心积虑,早已将一切布置妥当。一上岸就迅速召来六名当时技艺最高的能工巧匠,又找了一处人迹罕至的地点,造起一座三重大宅,将工匠安置其中,皇子自己也隐居宅内。接着,他又将自己治下十六所庄园,全部献予神佛,祈求神佛保佑,助制作玉枝。经过艰苦努力,玉枝终于制作出来了,而且与辉夜姬所言一模一样,不差分毫。于是皇子手持玉枝,又秘密来到难波港。

他装出一副历经长途跋涉、疲惫不堪的样子,坐在船中,遣人通知府里:“皇子今日归来。”府中众人纷纷前来迎接。皇子将玉枝装入长柜中,上覆绫罗锦缎,命人抬之上岸。围观人群轰动起来,纷纷交头接耳道:“车持皇子持优昙华之花[1]

---

①优昙华之花:亦作优昙婆罗、优昙钵华、乌昙华等,意译灵瑞花、瑞应花、空起花等。产于喜马拉雅山麓及德干高原、斯里兰卡等处。佛经称此花为“仙间极品之花”,三千年一开,值金轮王及佛出世方现,开后随即凋谢。成语“昙花一现”即源于此。此处用来比喻极为难得的不世出之物。

归来啦。”

辉夜姬知悉后，心中愁闷，心想这回要输给车持皇子了，不禁又急又忧。片刻后，仆人在外敲门道：“车持皇子求见。身上所穿仍是出海时的行装。”

照旧由老翁迎了出去。车持皇子道：“这玉枝是我舍生忘死，搏命得来，请您速速拿去给辉夜姬过目！”

老翁依言持玉枝入内宅，辉夜姬接过，见枝上附有一纸和歌：

历经漫漫万里路，粉身碎骨亦无惧，誓折玉枝赠佳人。

辉夜姬看完，茫然不知所措。老翁近前道：“瞧，这位皇子照你的吩咐，完完整整地取来了蓬莱玉枝，你现在无法推托了吧？他身上穿的还是出海时的衣服，连自己家都没回，就径直前来拜会了。你也马上出去，和他见见面，把婚事定下来吧！”

辉夜姬闻言，默然不语，以手托腮，长叹一口气，沉思起对策来。

皇子心中欢喜，暗想：“这回辉夜姬再无借口推辞了。”便大摇大摆地踏到走廊上。老翁并未阻止，反而默许了这种无礼的举动。他对辉夜姬说：“此玉枝乃本国所未有，如今你已不能再拒，还是从了吧。况且这位皇子的相貌人品，亦属上乘。”辉夜姬答道：“女儿一直不听父言，实是歉疚。我有意以难取之物为难皇子,哪知他却当真取来,如今可怎生是好?”老翁不理会她,自入屋中,布置成婚新房。

老翁又来见皇子,问道:“这宝树既珍且美,究竟生长于何地?”

皇子答道:“大前年二月十日左右,在下由难波港启程,乘船入海。当船在海上时,应该航向何方,心中其实毫无头绪。但我心想:此行若不能如愿,活在世上又有何意义?于是便让船随风漂流,又想道:倘若身死,那也无法;但只要一息尚存,总会找到仙山蓬莱。航船在波涛中颠簸多日,终于驶离本国,漂向远洋。海上有时恶浪滔天,几乎要掀翻航船;有时狂风大作,将船刮到不知名的异国,鬼怪出没,差点儿将我们杀害;有时在茫茫大海迷失了方向,茫然无措;有时粮食吃尽,只能以草根充饥;有时又有可怖妖魔纷至,要生吞我们;有时被迫以海贝为食,苟延性命;有时旅途中得病,完全无助,唯有听天由命。就这样一直在海上漂泊,到了第五百日的上午辰时[①]左右,忽然遥遥望见海天相交处有一座山,我急忙站起身,从船中极目远眺,见此山浮于海面上,巍峨耸立。我心中暗想:此山定是梦寐以求的蓬莱了。不由得喜不自胜。可是心里又难免会害怕,便绕着山环行一周,观察了二三日。某

①辰时:上午七点整至九点整。

日，忽有一位天仙装扮的美女，携银碗下山汲水。于是我们舍船登岸，向仙女打听道：‘此山何名？’仙女答道：‘此乃蓬莱山。’一听山名，我顿时欣喜若狂。又问仙女道：‘敢问芳名？’仙女答道：‘我名宝嵌琉璃。’言罢飘然隐入山中。我细观蓬莱山，只见层峦叠嶂，山势险峻，甚难攀登，只好绕山周步行，沿途见无数奇花异树，皆是人世罕见之物。金银琉璃色之水，自山涧潺潺流出。小河上架着几座样式精巧的玉桥，周围的树木都闪着金光。我在这些树中折下一枝，其实这枝并不特别赫奕，但与辉夜姬所言完全吻合，所以折此枝携归。若论蓬莱美景，当真是举世无匹。我原本打算多逗留几日，尽情观览，但既得玉枝，便无心久留，急急乘船返航。幸而归途顺风，只行了四百余日，即抵达本土。这大概是我临行许愿，所以得到神佛护佑吧。昨日回到难波港后，连被海水打湿的衣裳都不及更换，就径直来拜访了。”

老翁听完皇子的叙述，深受感动，慨叹不已，遂作一歌相赠：

每入山野伐吴竹①，艰辛不及君此行。

皇子听罢，说道：“在下多年来忧愁之心，到今日方始宁定。”遂作返歌一首：

---

①吴竹：淡竹的一种，细叶，竹竿坚韧，生长旺盛。

经年苦恋湿衣袂，今日功成泪方干。

车持皇子的诡计眼看就要得逞，突然，有男子六名，并肩走进辉夜姬家庭院中。其中一人高举文书杖，杖上悬挂条幅，上书请愿文字。男子挟文大声诉道：“造物所工匠头汉部内麿陈情：吾等为制作玉枝，呕心沥血，历时千余日，精疲力竭，却未得一文工钱。望即行偿付，以供妻儿果腹。”

老翁大吃一惊，扭头急问道：“这位工匠所言，是否属实？”皇子张皇失措，狼狈无言。这时辉夜姬开口道：“请将此陈文递予我看。”她接过请愿文书，见其上写道：“皇子尊贵之躯，与吾等卑贱工匠，共隐一处，历千余日，命吾等制作玉枝。彼时曾有允诺：功成之日，赐金授爵。吾等思量，此必皇子心上人辉夜姬所需，故特来此地领赏，望予赏赐。”

辉夜姬正为要嫁给皇子而愁眉苦脸，看完请愿文书，登时眉开眼笑，急忙唤老翁入内，说道：“这蓬莱玉枝，我本以为是真的，正忧心如焚，哪知却是个弥天大谎，正合我意。请速速退还，叫皇子离开吧！”

老翁点头道：“既已知是人造伪物，自然应当退还，并请他立即离去。”

辉夜姬如释重负，心情舒畅，便写返歌一首，答复皇子：

巧言令色假作真，伪饰玉枝不知耻。

写毕，将返歌和假玉枝一起，退还给车持皇子。

老翁本与皇子言谈甚欢，此刻却神情沮丧，佯装休憩。皇子万分尴尬，坐立不安，欲走欲留，难以定夺。只好暂且忍耐，一直到日暮时分，才悄悄离开辉夜姬家。

辉夜姬召来适才请愿的六名工匠，向他们说道："今日之事，真是多亏了你们，甚是感激。"说罢，赏了一大笔钱给他们。六名工匠欢天喜地道："啊，终于如愿以偿啦。"遂领赏归家。岂料走到半路，被车持皇子的部下拦住，一顿饱揍，打得血流满面，赏钱也被抢光，只得作鸟兽散。

车持皇子见事态已不可挽回，悲叹道："一生之耻，莫过于此。非但不得佳人欢心，反要遭天下人耻笑。"为此，他孤身遁入深山，隐居避世。其部下率仆从四处寻找，哪里见得到皇子踪影，大概已经亡故了。

推察皇子心思，必定深感无颜再见朋友部属，故而隐姓埋名，遁世不出。此后，世人便将失魂称为"失玉"。[①]

五、火鼠之裘

右大臣阿倍御主人，家财丰厚，族中人丁兴旺。他写了一封书信，寄给从唐国来的贸易船上的朋友王卿，恳请王卿帮忙

---

①玉的日语读音为"たま"，与魂、灵同音，所以日本人常以玉象征魂灵。

买件火鼠裘。他把信交给家臣中最为精明干练的小野房守，送去给王卿。小野房守持信赶到博多港，登上停泊在那儿的贸易船，呈上书信和用来购裘的钱款。王卿看完信，回信道：

火鼠裘实非敝国之物，一向只闻其名，未曾亲眼得见。倘若世间真有其物，则必已舶至贵国。今无，可知阁下所托，实乃万难之事。然天竺或有此物，若从天竺舶来敝国，则在下当询于豪富者，借彼等助力而取之。如世间诚无此物，则今日所付钱款，当交来人全数奉还。特此致复。

数月后，唐国贸易船再度来到日本。阿倍御主人闻小野房守随船归来，急命下人快马加鞭去迎。小野房守骑快马，仅用七日，便从筑紫赶至京城，同时带回一封信给右大臣。信上写道：

火鼠之裘，遍寻不获。遣人探问，遂知此裘无论古时今世，皆非易见。据闻往昔有天竺圣僧曾携来敝国，存于西山寺中。吾请朝廷下旨，方才购得。只是付款之际，地方官员声言钱款不足，吾当即予以补足。所垫付黄金五十两，望即刻归还。吾船将归，如不愿付款，则尽速奉还此裘。

阿倍御主人览信毕，眉开眼笑，欢悦道："何出此言？区区钱款微不足道，自当奉还。得此宝裘，实是大喜之事啊！"言罢向唐国方向，遥拜致谢。

他细观盛火鼠裘之箱，见其上镶嵌诸多美丽琉璃。开箱后，又见裘色绀青，毛末发出金光，瑰丽耀目，无与伦比。据说这裘如果穿得脏了，可以入火焚烧，不但烧之不坏，反更清洁。如此异宝，怎不叫人啧啧称奇！阿倍御主人眼望火鼠裘，赞叹道："难怪辉夜姬欲得此裘，确实不无道理啊！造化造化！"于是将裘纳入箱中，取花枝装饰好。自身也着意修容装扮，得意扬扬地心想："今夜当可入宿美人香闺啦。"乐不可支，雅兴大发，遂作歌一首，置于箱中。歌云：

苦恋如火难燃裘，今朝入手喜无限，湿袂泪痕终得干。

阿倍御主人亲自携火鼠裘来到辉夜姬家门前，老翁迎出，接过火鼠裘，入内呈给辉夜姬观览。辉夜姬见了，赞叹道："这火鼠裘真美呀！只是目前真伪莫辨，不可轻信。"老翁道："怎会有假？无论如何，都应先请右大臣入屋再说。此裘世间罕见，定然系真品。你何苦一味怀疑他人呢？实是不可取。"说罢，转身请阿倍御主人入室。

老翁老妪夫妇，心中都是一样想法，认为这回婚事肯定能成。老翁常因为辉夜姬不愿嫁人，独身幽居而苦恼。他十分希望女儿能嫁个好男子，夫唱妇随，美满幸福。无奈辉夜姬屡屡拒婚，老翁也不便勉强。

辉夜姬对老翁道："欲知真假，可将此裘投入火中，若火焚不能坏，便是真裘，我自然守诺嫁与他。您既说此裘世间罕见，定系真品，那么就烧一烧，检验检验吧。"

老翁点头道:“言之有理。”于是将辉夜姬的话,转告右大臣。

右大臣道:“此裘唐国境内亦无,在下费尽心思方才寻获,岂有可疑? 也罢,既有疑虑,那就尽速焚烧,以示不虚。”

于是他将火鼠裘投入火中,登时响起噼啪声,皮裘转瞬燃尽,灰飞烟灭。辉夜姬道:“如此看来,此裘定非火鼠之皮了。”右大臣见状,面青如草叶。辉夜姬十分欢喜,作返歌一首,放入置裘的箱中,交予阿倍御主人。返歌云:

腾腾火焰焚美裘,顷刻化灰不为奇,烧尽劣赝罢心机。

右大臣默然无语,悻悻离去。瞧热闹者交头接耳道:“阿倍大臣既携来火鼠裘,定然能与辉夜姬结为连理,应可常住此宅了吧?”有人答道:“不,不,据说那件火鼠裘入火一烧,立时烧得精光,所以右大臣娶不成辉夜姬了。”这事一传十、十传百,弄得天下尽人皆知。从此以后,凡遇不能如愿的泄气事,人们都称之为“阿倍无成”。

六、龙首之宝珠

大伴御行大纳言唤来家中所有仆从,吩咐道:“据说龙首上有一颗散发五色光华的宝珠[①]，谁能取来，无论要何赏赐，一概允准。”

仆从们听了，都道：“主人如此慷慨，实是我等之幸。只是这颗宝珠，想来绝非轻易可取。那可是在龙头上呀，该如何取到呢？”

大纳言道：“身为家仆，理应尽忠报主。哪怕舍命，也要完成主人心愿。更何况所谓龙，并非只出没于天竺、唐土，据闻本国山上海中，时常有龙飞腾降落，岂是尔等口中所言的难事？”

仆从们答道：“主人既如此说，那也别无他法了。不论宝物怎样难取，我等赴汤蹈火，都要取来。”

大纳言听了，欢颜道：“尔等不愧是我大伴的部下，忠勇举世皆知，又岂会违背主人之命？”

仆从们遂外出找寻龙首宝珠。大纳言将府中的绢、绵、钱财散发给他们，作为路上的盘缠。又叮嘱道：“在你们归来前，我将一直吃斋念佛。倘若取不回宝珠，你们都不准回来。”

家仆们告辞退出后，个个怨气满怀，心想：“说什么取不

①典出《庄子·杂篇·列御寇》：“夫千金之珠，必在九重之渊而骊龙颔下。”

回龙首宝珠,就都不准回来。可世间哪有这种宝物？完全是无计可施嘛。”于是将大纳言赏赐的财物平分掉,各自散去。有的回自己家躲藏起来,有的逃往别处。他们都在背后抱怨主人,嘀咕道:“不管是双亲还是主人,下这样荒唐的命令,当真是无理至极啊！根本别指望能成功!”

大纳言并不知家仆们的抱怨,自言自语道:“倘若辉夜姬嫁来,怎能让她住在如此一般的宅邸中呢?”于是大举营建新宅,富丽堂皇,美轮美奂,屋中四壁涂漆,施绘五色,莳嵌花饰。屋顶上用各色彩丝覆盖。每间房中,都悬挂着绘于名贵丝绸上的壁画。更有甚者,大纳言还将原配及妾侍,尽数遣散。独身一人,一心一意,为迎娶辉夜姬而日夜辛劳。

然而,日复一日,大纳言派去取龙首宝珠的家仆们,一直不见回音。转眼年关已过,又是一年。大纳言苦苦等候,心中焦虑,只好悄悄带上两名近侍,微服行至难波港,向一船夫问询道:“据说大伴大纳言遣家仆乘船屠龙,欲取龙首之宝珠,可曾听闻?”船夫笑道:“真是笑话奇谈。哪个船夫肯为这等蠢事放船出海？一个也无。”

大纳言闻言,心想:“这些船夫无知鄙陋,毫无志气,又岂知我大伴家的威势？所以才说出这等怯弱之语。”又想,“我弓有强力,一见到龙,只需一箭便可射杀,取龙首之宝珠易如反掌。那些家仆迟迟不归,我也不必久候。”于是雇船入海,巡游海上，随浪越行越远，来到了筑紫海边。

就在这时，忽然间天昏地暗，风暴大作，将船刮得帆倾楫歪，失去方向，不知航向何处。后来船被飓风刮到大海中央，滔天恶浪猛撞船身，航船几乎就快沉没。天上电闪白光、雷鸣轰隆，骇得大纳言心惊肉跳，手足无措，哀叹道："吾有生以来从未见如此可怕景象，这该如何是好呀？"

船夫也吓得涕泪交流，悲声道："我年年驾船往来海上，这样可怖的景象见所未见。就算此船侥幸不沉，头顶落雷也会劈死我们。即使神佛护佑，船在人存，可也终究会被刮到南海去啊。唉，都是因为遇到这么个雇主，才弄到这般悲惨境地。"说罢放声大哭。

大纳言闻言，说道："在船上，一切都以船家所言为依靠，你怎可说出如此丧气的话来？"说着，俯身呕吐，吐出不少酸水。

船夫道："我又非神佛，哪有什么大本事？自然无可奈何。海上狂风巨浪，本也寻常，我多年来早已习惯。但如今雷电交加，定然是你妄想屠龙，惹恼龙神，这才引来恶浪飓风。你还是赶紧祈祷，求神原谅吧！"大纳言醒悟道："此话有理。"于是立即高声祈祷道："楫取御神[①]在上，请听小人禀告：吾愚

---

①楫取御神：又称船灵大明神，日本神话中的航海神。

昧无知，行事鲁莽，妄思屠龙，实是罪大恶极！自今而后，龙之毫发，不敢损害半根。万请原宥，诚惶诚恐。”

他双目流泪，时立时坐，口中念念有词，祷告了千百遍。终于，雷声渐渐止息，天色也逐渐明亮，只是大风依然猛吹不歇。

船夫道：“适才那飓风，看来定是龙神所吹。此刻这风乃是顺风，不是逆风，方向正好，咱们顺着这风回家吧。”大纳言已经吓得心胆俱寒，哪里还听得清船夫说什么。

大风继续猛吹三四日，将船吹回了本国之地，向岸上遥望，乃播磨国明石海岸。但大纳言却以为被风吹到了南海之滨。他周身疲乏，倒卧船中。随行伺候的两名近侍，上岸向国司①禀报。国司亲自前来慰问，可是大纳言无力起身，瘫软在船底。众人无奈，只好在岸上的松原铺设草席，扶起大纳言躺于席上。直到这时，大纳言方知此地并非南海之滨。他挣扎着勉强坐起，由于平日体质就弱，不耐风寒，此刻竟腹胀高鼓，双眼肿如李子。国司见状，不禁莞尔。大纳言当即命国司备轿一顶，坐上归府。

他先前派去取龙首宝珠的家仆们，风闻此事，都陆续归宅

①国司：日本古时置于各国的地方官，相当于现在的知事，总管该国的一切政务。

参见，告罪道：“我等因实在无法取得龙首宝珠，故而无颜回府。如今主人自身亦知宝珠难取，想必可以原谅我等了，所以归府来见。”

大纳言起身对一众家仆说道：“幸亏汝等未去取龙首宝珠。龙与雷神，原来乃是同伴。我命汝等去取龙首宝珠，无异于加害汝等。倘若汝等当真捕获神龙，只怕我也性命不保。而今真是万幸，万幸！嗯，这大概是辉夜姬动了坏心肠，打算谋害我等而设下的诡计。我从今往后，绝不再去她家一步，汝等亦谨慎勿往。”说罢，将宅中剩下的财物，分赏给未取到龙首宝珠的家仆们。

此前被大纳言休掉的妻妾们，听说了这件事，几乎笑破肚皮。覆盖在新造宅邸屋顶上的彩丝，都被老鹰、乌鸦叼去，用在筑巢上了。

世人为此议论纷纷，这个问：“听说大伴大纳言去取龙首宝珠，不知结果如何？”那个答：“别提啦，不但宝珠没取到，眼睛还肿得像两个李子。唉，吃不消啊！”自此，凡所做事，无理且不堪忍耐，就被人叫作“吃不消”。

七、燕之子安贝

中纳言石上麿吕吩咐家仆道：“燕子筑巢时，速来禀告。”家仆们问道：“大人意欲何为？”中纳言答道：“欲取燕之子安贝。”其中一个家仆道：“我等曾数次见人杀燕，均未见燕子肚中有此宝物。听说燕子只在生蛋时，才会生出此物。但燕子见人走近，必然飞散，该如何获取呢？”另一个家仆道：“大炊寮[①]饭炊屋的梁栋上，有不少燕巢。可搭起棚架，命几名敏捷的壮汉爬上去向巢中窥视。如见燕子生蛋，便可取得子安贝。”中纳言听罢大悦，道：“此法甚好，我先前却不曾想到。就照你说的办。”于是挑选忠诚可靠的精壮男仆二十人，在饭炊屋梁栋边搭起棚架，命他们爬上去守候。

中纳言不时派人催问：“如何了？取到子安贝没？”但燕群见众人爬上，都极为恐惧，不敢飞回巢中。家仆将这情况禀告中纳言，中纳言闻报，心中忧愁，束手无策。

正当中纳言一筹莫展时，大炊寮官人仓津麿向中纳言的家仆说道：“贵上欲取燕之子安贝，老朽倒有一计。”家仆急忙禀报中纳言，中纳言立即召见仓津麿，礼数周到，客客气气地向他讨教。仓津麿道：“欲取燕之子安贝，如今这法子完全无用，必然不能如愿。概因人数众多，燕群受惊，不敢飞回巢中。应先将棚架拆除，令那些壮汉全部下来。而后选一名精干家仆，命他坐于大竹篮中，篮上紧绑一根滑索，拴在梁栋上。等

①大炊寮：日本古时负责粮食、舂米、炊煮器具及典礼、宴会上食物调理的机构。

燕子飞来生蛋时，立刻拉动滑索，将竹篮升上去。在节骨眼儿上，让家仆伸手取贝。如此一来，保管成功。”中纳言赞道：“此计大妙。”便命人拆毁棚架，唤回二十名男仆。

这些事办完后，中纳言又问仓津麿：“那燕子何时生蛋，又如何得知呢？届时好将人升上去。”仓津麿答道：“燕子将生蛋时，必翘其尾七次，翘毕则产蛋。我们见它第七次翘尾时，升上竹篮，即可获得子安贝。”

中纳言听罢，欢喜不已，命人照办。而后悄悄走入饭炊屋中，与其他仆从一起，监督家仆取子安贝。同时，又因仓津麿教他此法，遂大大奖赏仓津麿，赞道：“汝虽非我亲人，却能令我称心如意，甚好。”说完脱下衣裳，赐给仓津麿，又说道，“今晚还请亲至饭炊屋帮手。”然后让仓津麿先回去了。

渐渐到了黄昏，中纳言再次来到饭炊屋。抬眼一望，燕子果然已回到巢中，而且正如仓津麿所言，尾巴开始翘动。中纳言慌忙命仆人坐入大竹篮，将竹篮升到梁栋边，又命仆人伸手到燕巢中掏摸。仆人摸了一阵子，道：“里头空空如也。”中纳言怒起，斥道：“因你摸法不善，这才掏摸不到。”想要另选一人上去，又转念道：“也罢，索性自己上去掏摸吧。”于是自行坐入篮中，命人缓缓升起竹篮。靠近梁栋后，向燕巢中窥探，恰好燕子正在翘尾。他急忙伸手入巢，到处掏摸，触到一块扁平物。他心中大喜，高声叫道：“摸着了，摸着了。快放我下去。仓津老翁，我摸着子安贝了！”众人聚拢在梁下，一起用力拉滑索。孰料用力过度，拉断滑索，中纳言从竹篮中急坠直下，仰面朝天，掉到一只八岛鼎①中。

众人大惊，赶忙冲上去，抱起中纳言。只见他双目翻白，呼吸几乎停止。仆人们急忙将冷水强灌入他口中，折腾了半晌，终于救醒过来。众人替他搓揉手足，而后将他从八岛鼎上抬下，问道：“大人，此刻感觉如何？无恙否？”中纳言气喘吁吁，勉强答道：“略微好些了，只是腰仍然动弹不得。所幸子安贝已紧握在手，想来就高兴。你们马上点起脂烛②，我要好好瞅瞅这宝贝。”

说完，他扬头伸手，摊开手掌一瞧，手心里握着的竟然是一块陈年的燕子粪干！中纳言失望至极，哀叹道：“唉，不得贝！”

从此以后，人们便将事与愿违，唤作“不得贝”。

中纳言情绪一落千丈，他原本准备了一个唐柜用来装子安贝，但如今取到的并非子安贝，自然不能送去给辉夜姬。再加上又折了腰骨，心中的懊恼可想而知。他生怕自己所做的蠢事流传出去，沦为笑柄，为此而心情抑郁，悔恨不已。心情

①八岛鼎：大炊寮中之鼎，代表日本灶神。外形三足双耳，共有八只，隐喻八大岛国，即日本。

②脂烛：用麻蕡灌以油脂，燃之照明，是为脂烛。

越坏,病情就越重,身体就愈加虚弱。不得贝尚在其次,遭世人嘲笑,是比不得贝更难堪的耻辱。他终日都在担心,苦不堪言,比寻常患病更加难受。

辉夜姬听闻此事,作歌一首,寄去宽慰。歌云:

秋水望穿不见君,料来燕贝已渺然。

中纳言收到歌后,命家仆念给自己听。他虽病体孱弱,依然勉强抬头,取过家仆备好的纸笔,于极痛苦中,写返歌一首作答,歌云:

万事成空不得贝,卿若垂怜尚可救。

写毕,气绝身亡。辉夜姬闻讯,心中不免伤感。后人由此将仅存的希望,称为"有贝"。

八、御驾狩猎

辉夜姬沉鱼落雁的绝世美貌传入天皇耳中,他召来内侍中臣房子,下旨道:"据闻那辉夜姬对所有爱慕她的男子,都冷若冰霜,屡拒求亲;而诸多欲一亲芳泽者,要么倾家荡产,要么身败名裂。你替朕去瞧瞧,她究竟有多美?"

房子领旨出宫,造访伐竹翁家。伐竹翁不敢怠慢,恭恭敬敬出迎。房子对老妪说道:"陛下传谕,你家辉夜姬姿容出众,命我详观后回去复命。"老妪道:"请您稍待,老身这就去告知。"于是入内室对辉夜姬说道:"天皇使者在外,女儿快出去拜见吧!”辉夜姬道:“我相貌又不美丽,怎能拜见天皇使者呢?”

老妪生气道:“如此无礼的话,切莫乱讲。来人系天皇使者,不可轻忽!”辉夜姬道:“即使是天皇下的谕旨,母亲也不必惶恐。”听这语气,她毫无拜见使者的意思。

老妪抚养辉夜姬多年,对她视如己出,此刻见她出言顶撞,虽想责备,却又不忍心,只得出来,禀告内侍道:“实是抱歉。小女性情倔强,就是不肯出来拜见,还请原宥。”

内侍道:“陛下有旨,令我无论如何必须见到辉夜姬。如不能见,回去无法复命。国君之命,本国之人,岂能违抗?你们未免太大胆了!”他厉声呵斥,辉夜姬听见了,仍然坚不从命,在内室高声回应道:“若我拂逆皇命有罪,索性将我处死吧!”

内侍闻言,无可奈何,只好回宫据实禀奏天皇。天皇道:“她心肠如此刚硬,难怪能令男子断送了性命。”想要就此作罢,却又有些不甘,心想岂能败给一个女子?

于是,天皇降旨,命伐竹翁前来见驾,对他说道:“汝速将家中辉夜姬,奉送入宫。朕久闻其国色天香,曾遣使者往见,结果却无功而返。如此傲慢无礼,是汝所教么?”伐竹翁惶恐作答道:“草民万万不敢。小女不愿进宫,草民亦十分苦恼。待归家后,定当重申圣意,再行良言规劝。”

天皇听罢,颔首道:“辉夜姬系汝一手抚养长大,岂有不从汝之理？若能劝得她入宫，朕便赐你五品官位。”

伐竹翁大喜，欣然归家，对辉夜姬道：“天皇诏命难违，要你入宫，只怕不答应是不行了。”

辉夜姬答道：“我意已决，绝不入宫。若强迫我去，我唯有离开人间。又或者我勉强入宫，等您加官晋爵后，我就立即自尽！”

伐竹翁急道：“哎呀，万万不可！我难道会用女儿的性命，去换取高官厚禄吗？这像什么话？可是话说回来，你为何那么坚持不入宫呢？这件事还不至于要弄到以死相拼啊！”

辉夜姬答道：“总之，我绝不会欺骗您。如果您不相信，请将我送进宫去，生死立刻便知。以往无数男子诚心诚意、日夜追求，我都坚拒不从。而天皇不过是这两日才下旨，若我应允，岂不被天下人耻笑！”

伐竹翁道：“天下万事，都大不过你的生死。既然你以死相胁，那么，我只好再度入宫，禀明天皇，转达你的意思。”

于是，伐竹翁又入宫参见天皇，奏道：“陛下谕旨，草民已向小女说明。无奈她矢志不肯入宫，还说若要强迫她入宫，宁愿一死。此女并非老朽亲生，乃是昔年在山中拾得，故而脾气性情与世人迥然不同。”

天皇道：“造麿，你家似乎靠近山麓吧？不如朕装作去山中狩猎，路过你家，应该能见到辉夜姬吧？”

伐竹翁答道:“此计大妙。趁小女毫无防备时,突然造访,定能见到她。”

天皇遂选定吉日,起驾往山中狩猎,并乘机驾临辉夜姬家。只见屋中光辉四溢,一位绝色美女端坐其中。天皇知此女必是辉夜姬,欲待走近时,女子却猛然起身,向内室回避。天皇快步上前,一把拉住辉夜姬衣袖。辉夜姬急用另一只衣袖遮掩住面孔。但天皇已看清她貌美绝俗,登时心醉神迷,岂肯轻易放手,便想就此将她带回皇宫。

这时辉夜姬开口道:“民女若是本国所生,自可委身于陛下。然民女并非本国之人,强逼入宫,万难从命。”

天皇道:“岂有此理!即便再难,你也要跟朕去。”命人将御舆抬来,打算强迫辉夜姬上舆。说来也怪,辉夜姬的身体一瞬间就消失不见了!天皇大惊,心中既憾且惜,这才醒悟到辉夜姬确非常人。他慌忙说道:“既如此,朕不强迫你入宫了。你快快现身,让朕再看一眼,见过便返。”辉夜姬立即现出了身形。

天皇虽知辉夜姬非凡俗之人,心中爱慕之情反而更加炽烈,几乎难以忍耐。但此刻已是别无他法,只得奖赏伐竹翁,夸赞他让自己见到了辉夜姬。伐竹翁喜得眉开眼笑,摆下盛大酒宴,招待天皇及随行百官。

将要离别时,天皇心中怅然若失,实在舍不下辉夜姬。他闷闷不乐，坐上御舆，作和歌一首赠予辉夜姬，诉说衷肠。歌云：

欲去又止心忧愁，归舆空返愿未遂，只为佳人拒同行。

辉夜姬作返歌一首，答复道：

久居蓬门早已惯，寒舍育我心得安，金殿玉宇不敢攀。

天皇咏览此歌，愈发不想离去。其心已全在辉夜姬身上，更无他念。可是贵为天子，不便在外留宿，无奈之下，只得起驾回宫。

天皇返回宫中后，觉得平时服侍自己的妃子、女官，无一人可与辉夜姬相比。即使是往日号称美人的，相较于辉夜姬，也是黯然失色。天皇心中，如今只剩下辉夜姬的倩影。他独居寡欢，意志消沉，对后宫的庸脂俗粉再不行幸。日常不断提笔致信，向辉夜姬倾诉相思之情。辉夜姬有信必回，文笔优美。此后，天皇随四季变迁，感百花草木意趣，吟咏作歌，一一寄送给辉夜姬。

九、天之羽衣

辉夜姬与天皇就这样鱼雁往返，不觉间过了三年。某个初春的夜晚，辉夜姬仰观皎美月色，忽然悲从中来，一反常态，陷入了沉思。家仆在旁边劝说道："月之容不可直视，其中有忌讳，恐惹不吉。"但辉夜姬趁家人不备时，依然独自观月，并暗中低声哭泣。

到了七月十五圆月夜，辉夜姬自闺中来到走廊，仰望明月，默默无语，神情悲沮。家仆见状，急忙告知伐竹翁："小姐虽平日里就爱赏月，但近来频频对月长叹，今晚悲哀之情更甚。此事颇不寻常，望多加留意，免生意外。"

为此，伐竹翁特地对辉夜姬说道："你心中有事牵挂么？为何要眺月忧伤呢？这世上的一切，不是十分美好吗？"

辉夜姬答道："我也不知是何故，近期一见明月，便无端地觉得不安，深感世间凄凉可悲，所以才不住叹息。"

后来又有一天，伐竹翁走进辉夜姬房中，见她依然愁眉深锁，一副心事重重的模样。伐竹翁又问道："女儿呀，究竟何事令你如此心烦呢？"辉夜姬仍然答道："没什么，就是无端地感到不安。"伐竹翁劝道："既然心境不佳，就不要赏月了。每次一见到月亮，你就悲不自胜。"辉夜姬答道："唉，我怎能不眺明月呢？"此后，每逢皓月当空，她都照旧在走廊上痴痴仰望，并陷入沉思。

奇怪的是，在风高月暗时，辉夜姬并不悲伤忧思。但一到明月之夜，便哀叹泣涕。家仆们见到，都在暗地里议论道："看来她一定有心事。"父母双亲与全家人，都不知到底是何原因。

临近八月十五的某个夜晚，辉夜姬来到走廊上，失声痛哭。这次与以往不同,竟不再避人耳目,径自哭倒在地。老翁与老妪着了慌,连声催问所为何事。辉夜姬抽泣答道:“这件事,女儿很早就想告知二老,又怕你们伤心,所以隐瞒到今日。但现在不得不说了。女儿此身并不属于凡间,我本是月宫仙子,只因前世夙缘,方才降临人世。如今归返之期已到,本月十五,月宫之人将来迎我。此事绝难回避,终须归去。想到将与双亲永别,令二老愁叹,我便心痛欲绝。因此自今年开春以来,便心绪不宁,忧叹难止。”说罢,哭泣得更加厉害。

伐竹翁听毕,难过道:“怎会如此?想当初我从竹中将你拾回时,你还只有油菜籽那么大。如今抚育得和我一样高,你却要离开?到底谁要带走你呀?我绝不允许!”说着,忍不住号啕大哭起来,悲道:“你若离去,不如让我先死!”此情此景,令人见之落泪。

辉夜姬道:“我于月宫,有亲生父母。凡间百年,在月宫不过须臾。我居人世年月颇长,对月宫父母,并不如何想念,反倒觉得人间亲切和善。故而一旦离别在即,毫无欢欣之感,唯有哀凄之情。可是这一切都由不得我做主,我也无可奈何,只能回去。”言毕,与老翁老妪一起抱头痛哭。

家中仆人和辉夜姬相处多年,对她高尚的品格、优雅的气质均倾慕不已,真心敬爱她。此刻听说将要别离,尽皆依依难舍,悲叹愁烦。人人不思饮食,相对哀泣。

天皇闻讯，急遣使者至伐竹翁家中探问。伐竹翁出迎使者，泪流满面，不停哭泣。由于伤心过度，头发斑白、腰背佝偻，双眼肿胀通红。他今年不过五十余岁[①]，却已是老态龙钟，可见“一夜愁白头”绝非空话。

使者传天皇谕旨，问伐竹翁道：“听闻你等近来伤心欲绝，有莫大忧患，可是真的？”老翁垂泣答道：“本月十五，月宫将派人接走辉夜姬。草民斗胆，敢请陛下派遣大军前来守卫，待月宫来人一至，立即将他们擒拿。不知可否？”

使者回宫，将情况如实奏禀天皇。天皇道：“朕只见过辉夜姬一面，便久久难忘，何况老翁与她朝夕相处，一旦别离，该是何等痛苦！”

八月十五转眼即到，天皇命近卫少将高野大国为敕使，率六卫司[②]武士两千人，开赴伐竹翁家，保护辉夜姬。大军一到老翁宅邸，立即部署千人防守土墙，部署千人在屋顶巡视。而宅中的所有男仆，分别把守各个角落。严密防备，水泄不通。不仅武士们顶盔贯甲，那些男仆也持械搭箭，严阵以待。婢女们则轮流守在辉夜姬的闺房中。老妪紧拥辉夜姬，躲在宅中

---

①此处日文原文与前文矛盾。第二节老翁自述时，言已七十余岁，这里又只有五十余岁。

②六卫司：指左右近卫府、左右卫门府、左右兵卫府。是负责镇守皇居、护卫天皇、警备宫廷内外的部门。

最隐秘的仓库里。伐竹翁锁好仓库门,站在门前把守。他自信满满,说道:“如此严防死守,岂会输给天上之人?”又对守卫屋顶的武士说道:“汝等若见有物翔空,即便是极细微物,也要统统射下来。”武士们应道:“把守得这般严密,哪怕是蝙蝠飞过,也将立时射杀,晾干暴尸。”伐竹翁听了,以为万无一失,宽心不少。

但辉夜姬却道:“无论守护得多严,门窗关闭得多牢,凡人也无法与天人作战。首先,箭矢难以射中他们;其次,天人一至,即使再紧锁的门户,都会自动打开;最后,就算现在斗志昂扬,但月宫之人一到,再骁勇的武士也会丧失锐气。”

伐竹翁闻言,火冒三丈,气鼓鼓地骂道:“待月宫中人来时,我定以长指甲抠出他们的眼珠,揪住他们的头发,打翻在地。然后剥下他们的裤子,令他们在众武士面前露臀出丑!”

辉夜姬道:“请您切勿高声吵嚷,若被屋顶众武士听见,那可真难为情。女儿不能报养育之恩,却要永别而去,心中深感对二老不住。常思若有缘长居,该是何等欢愉!只可惜事与愿违,不得不走。可是思及亲恩无以为报,即便在归途中,我也必难心安。故而最近数月,每逢明月在天,我便至走廊上祈请,希望能再居人世一年,至少也要过完年再走。然而却不得允可。想到女儿离去后,双亲势必泣血捶膺,心中更是悲难自抑。月宫中人容颜端丽,无衰无死、无忧无虑。女儿所归之地，虽然如此美好，但女儿毫无喜悦之感。不能侍奉年迈双亲，真令我抱憾终身。女儿舍不得离开你们啊！”说着泣不成声。

伐竹翁安慰道：“这等伤心断肠的话，不必再说了。来迎之人，无论姿容如何俊美，我都对他们绝不客气。”他心中已对月宫之人怨深恨极。

就这样渐渐夜深，玉宇无尘，银河泻影，已近子夜时分。

忽然间，伐竹翁宅邸四周光芒四射，明亮胜于白昼，比满月之光更亮十倍，照得人身毛孔，纤毫毕现。一片光亮中，一群人自天上乘云徐徐而降，离地五尺，悬浮排列。伐竹翁宅邸中人，无论在屋内屋外，见此情景，仿佛都被咒语魇住一般，个个四肢酸麻，木然不动。先前的交战勇气，消失殆尽。有人勉强振作，弯弓搭箭，想要射出，无奈手臂乏力，登时瘫软下去。又有意志特强者，竭力聚精会神，强行射出箭矢，箭却飞向他方，全然不中。所有武士皆目瞪口呆，战力尽失，个个神志不清，茫然无措，恍恍惚惚地相互对视。

立于云端上的天人们，衣着华美，相貌端丽，无与伦比。一辆云车停在他们旁边，车顶张覆薄绢。其中有位看似大将模样的人，越众而出，喊道：“赞岐造麿，上前来！”刚才还目中无人、想要和天人大战一场的伐竹翁，此刻像酩酊大醉般，匐行向前，跪倒在地。天人责备他道：“汝当真愚不可及！先前因汝稍积功德，故命辉夜姬下凡，暂居汝处，迄今已为时颇长。汝得辉夜姬之助，获黄金无数，大富大贵与以往已判若两人。辉夜姬因犯天条，这才将她暂时贬居汝微贱之处。如今她罪业已消，我等特来接她回去。汝却哭哭啼啼，真不识好歹。快，速将辉夜姬交出来！”

伐竹翁答道：“老朽养育辉夜姬迄今已二十余年，你却说是暂时寄居，实在于理不合。你口中所称的辉夜姬，恐怕另有其人，是诞于别处的辉夜姬吧？”顿了顿，他又说道，“居于此宅的辉夜姬，此刻身患重病，恕不能出门相见了。”

天人也不应他，驾云车飞到老翁宅邸的屋顶上，叫道：“辉夜姬听着，如此污秽之地，岂能久居？”

霎时间，牢牢紧闭的仓库门自行打开，格子窗也都自动敞开。原先被老妪紧紧搂住的辉夜姬，离开老妪怀抱，轻步走出。老妪拉她不住，心知无力阻止，唯有仰面朝天，涕泣目送。老翁也无可奈何，只能伏地痛哭。

辉夜姬走到伐竹翁身旁，说道：“即使我百般不愿，怎奈何身不由己。而今便请二老送女儿升天吧！”伐竹翁哭诉道：“我已悲痛欲绝，如何能送你呢？你怎么忍心抛下我们自行升天呢？不如带我们一起去吧！”

辉夜姬闻言，心乱如麻，不知所措。片刻后，才说道：“那么，我留一封书信给您吧。每当想念我时，请您取出来看看。”说罢，潸然泪下，一面抽泣，一面挥笔写道：

女儿此身，若生于人世，必侍奉双亲直至终老，绝不令有别离之痛。然世事大多难如人意，此际归返月宫，亦非出自本心，内心实有深憾。今褪我身上衣，留予双亲，以为纪念。日后每逢月出之夜，愿双亲举首望月。此刻舍亲情而升天，女儿心伤无尽，恍如自虚空坠地，悲切难言。

这时，一名天人取出一只箱子，箱中盛着天之羽衣和一壶不死灵药。天人对辉夜姬道：“壶中灵药请立即服用。因你多食人间秽物，致使心境恶劣，服此药当可消除。”说着将灵药奉于辉夜姬面前。辉夜姬浅尝一点，将余下灵药包入适才脱下的衣裳中，欲赠予伐竹翁。天人却不许她这样做，取出天之羽衣，命她立即穿上。

辉夜姬道：“请稍待！穿上这羽衣，便会立时脱胎换骨，心意亦会改变。但我此刻尚有话要说。”言毕，她又挥笔写信。天人不耐烦地催道：“时辰已到，不能再晚了。”辉夜姬道：“此等不近人情之语，切勿再言。”随后不慌不忙地致信天皇。信中道：

蒙陛下派遣大军，欲阻我升天，感激不尽。只是天意难违，我终究不能长留人间。是故，心中遗憾无限，悲恸难当。往昔陛下召我入宫侍奉，只因念及身世复杂，方才不顾君意，坚不从命。此任性无礼之举，定使陛下不快，今时回思，心甚惶惶。

信末,附歌一首,云:

轻着羽衣去,忆君情义重,哀书表寸心。

她将装有不死灵药的壶,和书信放在一起,唤来头中将[1],让他带进宫交给天皇。天人将书信、药壶转呈中将后,立即将天之羽衣披到辉夜姬身上。辉夜姬顿时忘记了对伐竹翁的恋恋不舍、忘记了离别的悲伤,在人间的种种往事,由于穿上羽衣的缘故,全都忘得一干二净。烦恼散尽的辉夜姬,登上云车,在一百多名天人的前呼后拥下,升天而去,归返月宫。

可怜伐竹翁与老妪,从此以后每日里泣血捶膺,却也无济于事了。旁人将辉夜姬所遗书信读给伐竹翁听,他闷闷不乐道:"风烛残年,何必惜命?爱女已去,苟活无益。"于是药也不肯服,不久就一病不起了。

十、富士之烟

再说头中将率众武士归朝,将不战而败、无法挽留辉夜姬的情况,详细奏禀天皇,而后呈上不死灵药与辉夜姬的书信。天皇览信毕,感怀涕零,从此寝食俱废,歌舞管弦亦无兴致。

---

①头中将:藏人所长官兼近卫中将的合称。

某日，他召集大臣、上达部[①]，问道："哪座山离天最近？"有大臣奏道："骏河国有山，离京都不远，而且离天最近。"天皇随即作歌一首，云：

佳人一去难再见，心悲泪流满衣襟，不死灵药亦无用！

他将此歌同不死灵药一起，置于壶中，交给一位名叫调岩笠的近侍，命他为御使，前往骏河国那座山的山顶。等到达山顶后，点燃药壶，将御制和歌与辉夜姬所送的不死灵药一道焚掉。

调岩笠奉旨，率大队兵马，登上山顶，焚尽和歌与不死灵药。从此之后，这座山便被称作"不死之山"，即"富士山"[②]。据说山巅所燃浓烟，迄今仍在喷吐，直冲云霄，达于月宫。此即自古传承之《竹取物语》！

---

①上达部：位阶在三位以上的公卿的异称。

②因调岩笠率大批武士登山，所以此山被命名为"富士"。富，众多之意。日语中，"富士之山"与"不死之山"音近。

御伽草子

文正草子

从古至今，红运当头，富贵发迹之例所在多有。但好运不绝，由身份卑微而出人头地、享尽尊荣者，天下无人可与常陆国煮盐人文正相比。

彼时，常陆国鹿岛郡鹿岛神社，有大宫司[①]名唤定满，家财万贯，金银钱粮无数，所使唤的男女家仆更有数百之多。在众多下人中，有一人名叫文太，长年服侍定满，为人正直，忠心耿耿，为主人日夜操劳，从不叫苦叫累。

①大宫司：神社的最高神官。

主人知文太非凡俗之辈,不愿他久居人下。某日,将他唤到跟前,说道:“你跟随我虽久,但我今时已不需要你,你自寻前程去吧。”也不细说缘由,只是催促文太速速离去。

文太大惊,心想:“我对主人尽心竭力,他为何要赶我走?既然他心意已决,我也无法更改,只好离开了。主人待我恩重如山,无论去到哪里,我都不会忘记。”于是流泪对主人道:“我虽不愿离去,但您如此吩咐,我也不得不走了。望多保重。”

文太拜别大宫司,转身离开鹿岛神社。但他一直都在神社做事,突然离开,茫然无措,不知该往何处,只好信步走去,四处闲逛。走着走着,不觉中来到一处海滨,此地名叫津冈滩,聚集有众多煮盐人。

天色渐暗,文太无处歇宿,便走进一家盐屋,说道:“在下乃是旅者,能否行个方便,让我借宿一晚?”

“你从哪儿来?”屋主问道。文太如实回答了。屋主见他相貌堂堂,印象不错,便答应了。当晚文太就在盐屋歇息。

夜间就寝时,屋主与文太闲聊,得知他正为前途担忧,便对他说道:“你既有闲,何不帮我拾柴煮盐,也能谋生。如何?”

文太十分高兴,立即答道:“没问题,能糊口便成。再说这活儿挺容易。”

从第二天起，文太便以拾柴为生，在当地住了下来。他每日埋头苦干，因力气甚大，一人所拾柴火，可抵平常五六人。屋主十分欢喜，对文太赞赏有加。

一晃数年过去，文太此时已学会了煮盐的技术，便产生了自行煮盐贩卖的念头。

某日，他对主人说："我为您效力多年，如今想自己煮盐谋生，您能送我一口盐釜，作为奖励吗？"

主人多年来对文太十分满意，很爽快地送了两口盐釜给他。

于是，文太正式开始煮盐贩卖。他制的盐，质量极好，口感佳，吃了令人精力充沛，病症消散，因此迅速有了好口碑。而且文太的煮盐技术一流，做事又勤勉，同样一口盐釜，他的产量是别家的三倍。人人皆知"文太盐"的美名，销路越来越好，文太的积蓄也越来越多。不久后，他娶了妻子，两口子一块儿努力，家境变得十分富裕。

文太在津冈滩的盐商中，树立了极高的威信，同行们都唯他马首是瞻。文太遂改名为"文正"，在当地买下大片土地，盖起华屋，又人工开渠，环绕屋宅，极尽奢华。人人望之欣羡。豪宅中金银米粮堆积无数，常陆国贫者纷纷来投，奔走相告道："文正出手阔绰，我们为他干活大有收益。"为文正所雇佣的长工、短工、管家、婢女，男男女女，有数百人之多。

当地人都说，文正的家产，即便是天皇，也未必能与之相比。可是夫妻俩膝下却无一子半女，未免遗憾。这恐怕是前生种下的果报啊！

文正原先的主人——鹿岛神社的大宫司，听闻文正发迹，便派人将文正请到神社。

文正已多年未回神社，见旧主召唤，心中喜悦，立即赶去。

到得神社，文正恭恭敬敬地在神社庭中坐下。

大宫司见了，说道："文太，你出身寒微，昔日为人奴仆，但今日已是大富翁，不必再坐于庭中。进来吧！"说完，亲自引路，带文正到神社回廊坐下。

大宫司道："文太，如今你已出人头地，我心甚慰。你可知当初我为何要赶你走么？"

文正答道："不知。"

"当年赶你走，正是为了能让你有今日啊！我知你才干非凡，为人正直，又忠心待我，所以特意让你出去，闯一番事业！"文正闻言恍然大悟，内心颇为感激旧主，更对旧主的目光远大，十分钦佩。

大宫司又道："近来流言不断，说你富逾天皇，果真如此吗？"

文正如实答道："文太原本贫寒，贩盐而得巨利，前些时候说话行事，确实轻狂了些。"

大宫司问:“究竟家财多少呢?”

文正答道:“金银绫锦堆积如山,七珍[①]咸集毕呈;粮仓无数,具体积粮需问管家方知。”

大宫司道:“无论如何,这么多财产,确实是发迹了啊!那么,后继有人了吗?”

“尚无子息。”

“这可不好。人生世上,子嗣才是最重要的宝贝。你赶快敬奉财产予神明,求神佛赐子吧!”

文正对旧主所言深以为然,子嗣的确非常重要。他回家后,将一直无所出的妻子责骂一番,并要将她赶走。

妻子自然不甘就此离开,嚷道:“怎么啦?为什么要赶我走?”

文正道:“大宫司说我长年无子,大是不妥。我想此言有理,所以你必须给我生个儿子!”

妻子怒道:“岂有此理。我二三十岁未生子,如今四十将至,怎能生子?此事绝对不能如愿。若是换在年轻时,还有指望。”

文正听了,寻思道:“妻子难以生育,已无法改变,大宫司曾言‘求神佛赐子’,看来也只有此法了。”于是对妻子说道:

①七珍:紫金、珍珠、琉璃、水晶、砗磲、珊瑚、琥珀。

"那我们唯有将宝物敬上神明,求神佛赐子了。"妻子点头称是。

夫妻俩便动身来到鹿岛神社参拜,七日里精进洁斋,至诚祷告,希望神佛显灵。同时奉上诸多宝物,每日礼拜三千三百三十三回,祈求神明降恩,赐予子嗣。

到了第七日夜间,文正在梦中见神殿之门开启,神明传话道:"念你诚心祷告,发下大誓愿,已感动神明,故而七日间四处寻找,欲赐子于你。可惜并无合适人选,便将此宝物赐你吧!"言毕,将两朵莲花置于文正右衣袂中。神殿之门随即关闭。

文正得此吉梦,心中大喜,将梦中事告知妻子,说道:"这回咱们生子有望了。"

回家后,妻子果然有了身孕。九个月后,生下一个极其漂亮、贵气的女婴。

文正见是女孩,勃然大怒,斥责妻子道:"我要的是儿子,为何生了个女儿?"

一位年长的侍女劝说文正道:"生女胜过生男,有女乃是福气,预示家道昌盛。"

文正觉得有理,转怒为喜,开始宠爱女儿。服侍女儿的乳母、婢女,全都经他精心挑选,个个都是出众的人。

翌年,文正之妻又生了个孩子,文正甚喜,在产屋外问道:

“这回是男是女?”

妻子答道:“还是个女儿。”

文正再度大怒,斥道:“好啊,竟然又生了个女儿。一再不能遂愿,实在难忍。这女儿你自己抱回娘家去养吧。”

一旁的年长侍女又道:“此话大错。须知即便生下男儿,按律例,其父曾为奴,其子亦属大宫司家奴。是以生女反而更好,日后嫁给武士,或是哪位大名[1]成了您的女婿,地位便高了。即使嫁给大宫司之子,大宫司和你结成了亲家,不也甚好么?”

文正转念一想,确实有理,于是再度转怒为喜。他细瞧刚出世的女婴,哇,美若新月,光艳逼人,比姐姐还美,心中登时充满了怜爱。忽然间,他想起在神社祈愿时,神明曾在梦中给过自己两朵莲花,这时恍然大悟,原来神明赐予自己的,就是这两个女儿啊!天意不可违,此后他绝口不提生子之事。

服侍二女儿的乳母、婢女,文正同样也精心挑选,安排的都是出众的人。一大群侍女、老妈子照顾着他的两个千金。

文正为大女儿取名莲华御前,为二女儿取名莲御前,爱若掌上明珠,悉心抚育。

时光匆匆流逝,两位千金已出落得亭亭玉立,天香国色。

---

①大名:日本封建时代对领主的称呼,相当于中国古代的诸侯。

这年，姐姐十三岁，妹妹十二岁，兰心蕙质，淑逸闲华，文正请来本地最有名的先生，教女儿弹琵琶、奏四季应景雅乐、咏歌作诗。此外，父母凡事皆以佛教观教导她们，令她们处处嘉言善行，受人称赞。

这对千金有口皆碑，名闻天下。关东八国的大名，都争先恐后送情书来求婚，姐妹俩却全不理会。因为她们心高气傲，已有了自己的打算："我俩花容月貌，只可叹生在这偏远之地。若是生在京都，定能入宫令天皇宠幸，届时身为帝妃，享尽尊荣。即便不能入宫，至少也要嫁个公卿才是！"因此她们对地位不够高的求婚者一概不予理睬。而文正因各国大名求亲不断，声名大涨，每日都乐不可支。

莲华御前和莲御前矢志要做皇妃或公卿夫人，即使今生不能称意，来世也要遂愿，故而她们常去神社佛寺参拜祈祝。

某日，文正惊闻诸大名求婚不遂，打算以武力强夺。他慌忙阻止女儿出门，并在家宅西侧建起一座气派的金佛堂，供奉阿弥陀佛。如此一来，两个女儿就能在家中拜佛，而不必担忧参拜途中遇袭被抢。大名们见无法强夺，个个愁眉不展。

大宫司听说两姐妹之事后，便将文正唤去，说道："你福分不浅哪，有如此美貌的女儿，让大名们争破了头！不过听说她们并不想嫁给大名，那么让我的两个儿子，做你的女婿如何？"

文正自然乐意，说道："女子最要紧的，便是嫁个好夫君。我三生有幸，能与主人结成亲家。"

他高高兴兴地回到家，大声宣布道："大喜事啊，大宫司的儿子要成为我的女婿啦！大家快快准备，两位小姐要出嫁了。"宅中的仆役婢女们登时忙碌起来。

文正来到女儿的闺房，将此事告知二女。岂料姐妹俩一听，都泪流满面。文正急问何故，姐妹俩说道："我们若生于京都，入宫服侍天皇，做帝妃亦有可能。即便不能入宫，或许也能嫁给公卿贵族。可如今僻处乡下，身份卑微，看来今生是出头无望了，索性削发出家，青灯古佛，祈求后世之福。"

文正无奈，只好将女儿拒婚一事告知大宫司。大宫司勃然大怒，叱道："你这卑贱之人①，竟敢拒婚，实在是不识好歹。我再给你个机会，尽快将女儿嫁来，否则定要将你严办！"

文正归家，将大宫司的话转告两个女儿，莲华御前和莲御前伤心绝望，悲叹道："男女情事，又岂能以出身尊卑而定？理虽如此，可惜常难遂愿。既然我们难觅如意夫君，唯有出家为尼，斩断尘缘。若大宫司再苦苦相逼，则只能投河一死，免得父亲为难。"

---

①古日本受中国影响极大，政治与经济皆照搬中国制度，制定了一系列歧视商人的政策。商人虽然富裕，但社会地位低下，处于士农工商阶层的底部，仅比贱民高一级。

文正流着泪，将女儿的话转述给大宫司。大宫司也怕闹出人命来，只好作罢。

次年，朝廷任命卫府藏人道茂出任常陆国新国司①。道茂相貌俊朗、风流倜傥，一心要娶绝色佳人为妻。常陆国众武士风闻新国司尚是独身，竞相为他做媒，但道茂未看中一人。他终日寻思着要寻美人，如痴如醉。

某日，有人对道茂说道："鹿岛神社大宫司座下有一仆，名唤文正，如今是本国大财主，生育二女，国中武士人人争相致书求婚，却悉数被拒。此二女美若天仙，一心想做帝妃，大宫司之子几番想娶她们，也不能如愿。您可请大宫司帮忙，召二女来见，届时择其一为妻，岂非妙事？"

道茂闻言大喜，说道："多谢告知此事，若能成功，定然重酬。"于是命人请来大宫司，恭敬道："听说您座下有一仆从，名唤文正，所生二女貌美绝伦，望您能帮忙，将她们唤来，使我得睹芳容。倘能娶得其一为妻，我愿将国司之位拱手相让。"

大宫司答道："此事颇为棘手。实话实说，那两个女子性情倔强，即使是她们亲父的话，也不听从。此前已有无数人求婚，都碰了钉子。不过大人既已开口，我自然竭力去办。"

---

①国司："国"是地方行政组织，"司"表示管理。国司即管理地方的行政长官。

大宫司回去，唤来文正，转达道茂之意道："恭喜你了，国司大人听说你女儿貌美，打算娶其中一位为妻，让你立刻把女儿送去。他已答应我，事成之后，将国司之位让予我，到时候你就做我的代官。两全其美，你看如何？"

文正喜形于色，急忙谢道："承蒙提拔，万分感激。若能由一介村夫，一跃为官，在下将永世铭记大恩。"

文正急忙赶回家，在门口高声向家人宣布道："大喜事，大喜事，我很快就是国司大人的岳父啦！小姐就要嫁给国司大人了，大家快做准备。"

莲华御前和莲御前听到这个消息，不喜反悲，伤心垂泪。文正之妻问道："国司大人乃本地最高长官，地位如此之高，你们难道还不知足？还在做着嫁入皇家的白日梦？"

文正无奈，将实情告知大宫司，大宫司嗔怪文正之女不识好歹，实在是世间少见。随后又转告给道茂，道茂叹息道："若能一睹二姝芳容，也不枉来此偏远之地一趟。只可惜落花有意，流水无情，我再待在此地也无意义，只好归京再觅佳偶了。"于是动身返回京都。

道茂到京后，立即前往关白[1]府邸拜访。彼时惯例，往各

---

①关白：天皇年幼时，太政大臣主持政事，称"摄政"；天皇成年亲政后，摄政改称"关白"。

国任职之国司，回京后，均需向关白大人详述任职地风土人情。道茂自然也不例外，他说道："下官于常陆国遇到一事，实在不可思议。此种人、此等事，真稀奇得很。"

关白之子官封二位中将，在旁听了，好奇道："是什么事？"

道茂答道："彼处有一鹿岛神社，神社大宫司座下有个下仆名唤文正，后来发迹，成了个大财主。他有两个女儿，娴雅美貌，知书达礼，引来无数求婚者。哪知她们全不理睬，就连我这堂堂国司，想见她们一面，也被拒绝了。"

中将听了这番话，从此心中无时无刻不在惦念着文正的女儿。京中有不少门当户对的贵族，不断介绍自己的女儿给他，但他毫不动心，脑海中只有常陆国那两位绝色佳人。这大概就是前世有约，今生才会如此吧？可是如何能让她们知道自己的心意呢？中将百思无计，苦恼万分，很快就害上了相思病。

中将的双亲不知爱子为何得病，担忧不已，便去佛寺中祈祷，希望儿子早日康复。就这样到了秋天。

八月十五夜，明月皎洁，年轻的贵公子们齐聚一堂。中将勉强打起精神，来到庭中。大家奏起琴、琵琶、笙，乐声优美，惹人遐思。

中将触景生情，遂提笔作歌一首：

望月悲更甚，谁能慰我心？

题罢，以袖掩面而哭。

年轻的贵族子弟们见中将模样悲凄，都想道："最近中将大人总是郁郁寡欢，莫非有什么心事？"于是对中将说道："大人为何这般忧伤？如果有什么心事，不妨直言相告。大家年纪相当，正好一起商量。"

中将流泪道："此事虽难以启齿，但如今也不好再隐瞒了。今春卫府藏人道茂到我家拜访时，言及常陆国文正之女美貌绝伦，我听了心动不已，自此无时或忘，心心念念，只想着那两个女子。可是我出身名门高第，怎能娶卑贱的商人之女？倘若强行迎娶，又怕天下人的流言蜚语。所以伤心焦虑，得了相思病。"

大家劝慰道："难怪你终日长吁短叹了，相思成疾乃是最痛苦之事。既然你一心想见她们，又怕坏了名声，那么我们陪你一起去常陆国走一趟吧。"中将闻言登时转悲为喜，巴不得立刻就出发。

但是，以中将为首的诸位贵公子，从未离开过京都，常陆国是偏远之地，他们一身华丽装束，到了那里实在太显眼。于是他们决定乔装打扮成商人，置办了一些商品放入驮箱中，准备动身。

出发前，中将来到双亲跟前拜别，谎称要去旅行。父母虽然担心他初次远行,但想到整日愁眉不展的爱子可以出去散散心,便答应了。中将道:“此番远游,或许路程较长,所需时日也较多,请二老不必为我担心,我会照顾好自己的。”说罢,洒泪告别父母,出门而去。

他与同伴们会齐后,改穿上布衣、草鞋,于九月十日离京,正式踏上前往常陆国的路途。他们一行人中,中将十八岁,式部大夫二十岁,藤右马助二十一岁,兵卫佐二十五岁。

一路前行,来到三河国附近。由于不惯走远路,他们的双脚都磨破见血了。清晨时,在一座山里,他们遇见一位七十岁左右的老人。老人问道:“诸位自何方而来啊?”

中将答道:“我等是京都来的商人,要去常陆国做买卖。”

老人道:“哈哈,诸位哪里像商人呢?这位其实是名满京都的关白大人的公子,二位中将。其余三人分别是兵卫佐、藤右马助、式部大夫吧?你们是为了中将的相思之苦,才离京出行的。努力向前吧,中将大人,今年冬天,你一定会如愿以偿的,老朽看到了你头上有紫云飘舞呢!”

中将见老人说破隐情,不禁大惊。但听说自己将如愿以偿,又不免高兴。于是取出一领小袖,要赠送给老人。

老人道:“不必客气。老朽乃预见翁是也。”言罢,消失得无影无踪。

中将大喜,顾不得双脚疼痛,急急向常陆国赶去。

到达常陆国后，中将一行人首先去鹿岛神社参拜大明神。中将祷告道：“愿与文正之女百年好合。”祈祷了一整夜，直到黎明时才动身离开神社。

途中，他们向一户人家询问文正宅邸在何处，那户主人详细说与他知。

终于，中将等人来到了文正的宅邸前，驻足细观，哇，高堂广厦，真是气派。他们不禁赞叹道：“没想到偏远之地，竟也有如此豪富人家。”看这深宅大院，也不容易进，该如何接近文正的女儿呢？

这时，宅中走出一个侍女，问道：“各位从哪儿来？到此有何贵干？”

中将回道：“我等是从京都来的商人。”

侍女道：“哦，是生意人。我家主人挺喜欢和买卖人交往，请进吧。”

中将等人大喜，跟随侍女走进庭中。他们将驮箱里的商品一一摆出，开始叫卖。那些商品中有不少是稀奇的珍品，中将他们就像极乐世界里的迦陵频伽[1]那样能说会道，用种种好听的说辞，向宅中的仆人们推销着。

文正宅中的仆人，大多来自乡下，但也有出身大城，见过

①迦陵频伽：又名美音鸟，佛教中能唱最动听声音的神鸟。

世面的。其中一个侍女就是京都人，相貌既美，为人又乖巧，还懂得作歌赋诗，所以文正让她专门服侍小姐。

这个侍女仔细观察来者，心中暗想："这些人虽说穿着普通，自称商人，但瞧他们的言行举止，完全是京都贵公子的气质。难道是小姐拒绝那个国司的求婚，国司回京都后一说，引得这些贵公子慕名乔装而来？"于是她急忙向文正禀报："外头来了几位京都商人，举止颇为有趣，老爷何不去瞧瞧？"

文正打开妻户[①]，走到庭中。只听阵阵叫卖声传入耳中，那几个商人正在向宅邸中的仆人们推销商品。"真是有趣啊！"喜欢做买卖的文正看得津津有味。

中将向同伴们递了个眼色，彼此明白走出来的这位就是文正了。但他们故意摆出毫不在乎的神情，继续做着生意。

文正听他们巧舌如簧，介绍商品娓娓动听，颇生投缘之感，反复听了多遍，仍觉不腻，便想留他们在宅中过夜。于是问中将道："诸位可曾有下榻处？"中将答道："尚未决定投宿何处，如不嫌弃，可否在贵宅借宿一晚？"

文正立即答应道："那就在敝处歇下吧。各位的商品，我也会买些的。"

中将一行人也是求之不得，随即高兴地应允了。

---

①妻户：旁门、角门。

文正亲自带中将等人来到客房，命仆人备好热水，给客人洗漱。

文正留心查看几人的举止，觉得他们谈吐文雅，气质不俗，就像昔时的业平①和光源氏②一般，心中不由得称奇。

接着，文正命仆人摆出丰盛宴席，招待来客。不一时菜肴上齐，文正请中将等人用餐。

仆人们在一旁服侍，见京都来客们将高座漆盘里的食物，拨到小盘中，大感好奇："京都来的人吃饭真讲究啊，难道吃不惯偏远之地的食物？还有，他们为什么都请中间那个清瘦的男子先吃，自己却恭恭敬敬地低头等候呢？"

"嗯，如果直接吃高座漆盘里的食物，声音、姿态便不雅观，所以要拨到小盘里，细嚼慢咽。看来他们都很有教养，绝非普通人。"文正这么想着，开始殷勤劝酒。他举杯道："诸位，身为主人，在下先干为敬。"说罢自饮三杯，而后向中将敬酒。中将无法推辞，也只好喝了。

中将的同伴们面露不平之色，均想："中将大人乃堂堂关白之子，在京中时哪个敢先于他饮酒？"中将虽也觉文正此举

---

①业平：指日本著名歌人在原业平（825—880），曾任右马头，左近中将，世称在中将。其人才华横溢，风流倜傥，居"六歌仙"之首，所咏恋歌为多。

②光源氏：《源氏物语》的主人公，有着光辉灿烂的俊美外表。

不妥，但也无可奈何，毕竟是自己在刻意隐瞒身份。

酒过三巡，文正已有了数分醉意，说话也没了顾忌，笑道："在下虽然出身卑贱，却蒙鹿岛大明神庇佑，生了两个如花似玉的女儿。我竭尽全力培养她们，使她们芳名远播。各国的大名们争先恐后来求婚，可是都被我女儿拒绝了。在下以往的旧主，也就是鹿岛神社的大宫司，他为自己的儿子求亲，也不能如愿。后来国司想娶我女儿，也被拒绝了。她们一心向佛，我也不能强逼她们出嫁。这儿虽说是偏远之地，但美女不少，诸位若是喜欢，我可以找十个、二十个美女来服侍你们。还请诸位在敝处多逗留一阵，好好玩赏一番。"

中将等人听了这话，都感可笑。

酒终宴罢，中将在所携商品中，挑出一方精巧的砚台，装入袋中，作为礼物送予文正的女儿。莲华御前和莲御前虽生于豪富之家，见惯宝物，但对如此珍品，却见所未见。她们细观砚台，发现其间藏有一张红叶色的信笺，上书一首和歌：

为恋丽姝行千里，泪流如血染红叶，此心愿诉婵娟知。

此歌文笔优美，书法上佳，姐妹俩收到过不少情书，但没有一封比它更吸引人，更令人动心。

姐妹俩本打算将礼物退回去，但考虑再三，最后还是由姐姐莲华御前收下了这方砚台。

此时，在外间，文正招呼中将等人道："诸位，闲坐无趣，敝宅西面有一佛堂,不妨移步彼处。”

中将等人便起身来到佛堂,但见金碧辉煌,即使是京都的大寺院,也没有文正家的佛堂气派。堂上还罗列着各种乐器。中将自离开京都后,已多时不曾触碰乐器,不禁技痒,于是取过琵琶开始弹奏。兵卫佐抚琴,藤右马助吹笙,式部大夫吹横笛,一时间妙乐回荡,天音流淌。

文正家的侍女们闻声而至,静心聆听。虽然她们不懂所奏雅乐是什么曲目,但美妙的乐声却令她们如痴如醉。

文正也听得心迷神醉,赞赏道:“有生之年得能聆听如此妙乐,快哉!若我再年轻一些,真希望能拜诸位为师啊!”言罢,命仆人取出各色宝物,送予中将。中将见他诚恳,若拒绝反而不美,便道过谢收下。随从悄悄打趣道:“哈,这是先收嫁妆啦。”

莲华御前自收到中将的和歌后,业已芳心萌动,但又想:“从这信笺的笔迹还是很难断定他的身份,说不定身份还在国司之下呢。那样的话,我就要让人讪笑了。”

她听侍女说中将弹奏妙乐的事,便央求母亲道:“据说那几个商人演奏古琴、琵琶,甚是优美,女儿也想听听。”

她的母亲立刻去和文正商量,文正也正有此意,立即答应了,并对中将等人说道:“诸位可否将妙曲再奏一回,在下的大女儿也想欣赏欣赏。”

这正中中将下怀，他按捺住心头狂喜，急忙端正坐下。莲华御前也来到佛堂，在垂帘后端坐。这场面全然不像是在偏远之地，倒像在风雅的京都。

麝香流动，充溢佛堂，中将等人比刚才更加用心地弹奏起乐器。音色之佳、曲调之雅、技法之高，人间罕闻罕见。莲华御前凝神倾听，深深陶醉。中将虽因相思病而面容消瘦，却更添一种别样的潇洒气质。

中将隔着帘子，难以看清文正女儿的相貌，他心想："要是风能把帘子吹开，让我瞧瞧小姐的容貌，哪怕只有一眼也好啊！"

忽然，真的吹来了一阵风，将垂帘嗖的一下吹得卷起。一瞬间，中将与莲华御前四目交投，彼此都看清了对方。

中将的心登时扑通直跳。啊，如此美貌的佳人，就算是唐国的杨贵妃也不能相比呀！

中将深受鼓舞，弹奏愈发卖力，凤管鸾笙，清耳悦心，即便是不识风雅的人，听了也会流下赞叹的泪水。莲华御前更是听得怦然心动。

奏乐完毕，众人各自散去。莲华御前和中将已是两情相悦，却都不知该如何得谐好事。

文正又近前向中将敬酒，中将无奈，接过酒喝了。文正道："适才已向诸位说过，敝宅美貌侍女颇多，晚间若需要服侍,尽管开口。她们现在都在伺候小女,瞧,北面那些屋子,就是小女闺阁所在。”说着,用手指了指。

“多谢阁下盛情。”此举正是中将所希望的,他向随从们递了个眼色,随从们会意,也都相视一笑。

到得夜静更深时,中将估计宅中众人都睡熟了,便悄悄起身,蹑手蹑脚地走向北面文正女儿的闺房。

莲华御前自白天目睹中将的风姿后,也一直惦记着他。此刻侍女们都已睡下,唯有她独自一人坐在窗前,眺望着月光皎洁的天空,默默想着心事。

这时中将已来到闺房窗下,莲华御前见窗前人影一闪,吓了一跳。再定睛一看,竟是白天时见到的心上人,不由得心头鹿撞,急忙想关上窗格。但中将却快步上前,越窗而入,和莲华御前面对面站着。

莲华御前芳心乱跳,惊慌失措。与年轻的陌生男子如此近距离接触,还是初次。中将将自己的渴慕之情,一股脑儿全告诉给心上人。望着温润如玉的中将,莲华御前虽已倾心,却仍不免有所顾虑,说道:“来向我求婚者,数不胜数,其中不乏高官,都被我拒绝。如果嫁给你这样一个商人,不但惹人讪笑,只怕父母也无颜见人了。世间人言可畏啊!”

中将心想,反正总有一天她也会知道我的身份,索性现在就说了吧。于是便将自己的身世、卫府藏人到府叙话、自己相思成疾、乔装商人前来此地等事，一五一十，详细地说了。莲华御前惊喜交集，含羞答应了中将的求爱。当晚两人相依相偎，恩爱缠绵。

秋夜虽长，而良宵苦短，转眼天边已露出鱼肚白。中将写下一首和歌相赠：

相思行千里，今朝愿得遂。只恨良夜短，情话诉难尽。

莲华御前含情脉脉，作返歌道：

远乡卑微女，今宵喜高攀。恩爱正无眠，黎明却已至。

中将见惯了京都中高贵的女子，像文正女儿这样才貌双全、完美无瑕的，却是生平仅遇。心中对莲华御前愈发爱恋。

自此，每到夜深人静时，中将便前来与莲华御前幽会，两人恩爱日笃。

文正宅邸仆人甚多，频密幽会，终不免被人知晓。不久文正府中上下，人人皆知大小姐与京中来的商人私订了终身。文正妻子知道后，对文正说道："实在太不像话，以往有头有脸的大名、国司来求婚，你女儿偏偏不嫁，如今却要让一个小商人做你的女婿了。倘若传扬出去，岂不是丢尽了脸？不如将他们赶出家门吧。"

文正也十分生气，便打算将大女儿和中将赶走。这时鹿岛神社的大宫司听说文正家的客人擅奏管弦，且是京都的雅乐，便命人来报，说自己要到府欣赏妙乐。

文正将此事转告中将，中将等人料想今日已瞒不住了，便决定亮明身份。他们穿上贵族服饰，修眉、扑粉、染齿[①]，登时换了新貌，气宇轩昂，仪表不凡。

大宫司带着儿子，乘舆而来。文正急忙将他请到佛堂。这时中将等人也来到佛堂，文正见到他们的穿着打扮，心生疑虑，正要发问，大宫司已惊呼道："哎呀，这是在做梦么？怎么京中关白大人的公子竟然在此？据闻中将大人行踪不明，各地都在寻找他呢！"说着，赶忙迎上前去。

兵卫佐拦住道："大宫司退下，不得无礼，惊了大人。"

文正尚未明白过来，责道："这成何体统？京都来的区区商人，竟敢随意呼喝大宫司？"

大宫司急忙解释道："文正，你还不知情么？这位就是赫赫有名的关白大人的公子，二位中将大人啊！在京都无人不知，无人不晓。如今千里迢迢，屈尊到你府上，是无比的荣耀呀！"

文正大惊失色："什么，他竟然是关白大人的公子？我竟然到此刻方知，太失礼了。"但他随即又喜不自禁，"哈哈，关

---

①修眉、扑粉、染齿，都是古时日本公卿贵族的特征。日本民俗中以白色为最高贵，宫廷贵妇与公卿都会在脸上薄薄略敷一层铅白粉或水银白粉。"染齿"是将铁屑浸入酒、茶、醋中，置于暗处发酵两个月，使其出黑水，制成铁浆。然后用羽毛、笔、杨枝、毛刷等将铁浆涂抹在牙齿上。

白大人的公子是我的女婿啊!"

府中的仆人们也骚动起来:"没想到呀,那商人竟是关白大人的公子!"

大宫司恭恭敬敬地行过礼,将中将请入官舆,一路护送,来到自己宅邸。随后又将寻到中将的消息飞传关东八国。各国大名们知悉后,立即赶来拜会。他们都说:"难怪我们的求婚都被拒绝了,原来大小姐有这等福缘啊!"

中将已不想再在常陆国耽搁,准备带莲华御前回京。大名们争相讨好,率领一万骑护送。

文正府中的侍女们纷纷为大小姐上京忙碌起来。

"照顾大小姐的侍女虽多,但还是要拜托大宫司的夫人贴身照顾啊。"文正向大宫司请求道。

大宫司当然求之不得,大名夫人们也争先恐后地讨好巴结。

终于到了离别的日子,文正夫妻流泪送别爱女,虽然难舍难分,但想到女儿有个好归宿,心中都大感欣慰。文正命人打开库房,取出成箱的宝贝和金银玉饰,作为嫁妆放到中将的车上。随行的一百名侍女打扮得漂漂亮亮,热热闹闹地起程进京。

无数人聚集在路旁围观,交头接耳,对文正和他女儿的福分都羡慕不已。

千里迢迢，在路非止一日，三月上旬，中将一行人到达京都。此时正逢春季，原本埋没于偏远之地的千金，如今幸福花开，灿烂的樱花仿佛也在祝福着她。

中将已事先写了书信，飞马报予双亲。关白夫妇虽略感儿媳出身卑微，但毕竟是爱子所中意，也就坦然接受了。

莲华御前华服裹身，莲步轻移，仪态高雅。关白夫妇细看她的相貌，只见柳眉如烟，鬓髻如云，正是十四五岁的曼妙年华，明艳端庄，皎如秋月，简直就是天仙下凡。中将之母惊道："我见过不少高贵的名媛丽姝，可是如此天香国色，却是初次得见。从前，那个有名的光源氏的多位夫人和女儿中，也有特别美丽的，比如紫之上[①]、女三宫[②]、明石中宫[③]等。如今这位莲华御前，比起她们，有过之而无不及啊！"由此对莲华御前十分疼爱。

关白赐予大宫司和他的夫人许多奖赏，他们欢欢喜喜地回常陆国去了。

中将"失踪"后，天皇十分担心。所以当中将进宫拜见天皇时，天皇的喜悦可想而知。

---

①紫之上：又称紫姬、若紫等。葵之上过世后，为光源氏实质上的正室。

②女三宫：朱雀院的皇女，光源氏第二任正室。

③明石中宫：光源氏与明石之君的独女。

“爱卿平安归来，真是件令人高兴的事。”

中将道过谢，将此行的经过详细告知天皇。天皇喜道：“如此说来，你那夫人的妹妹，也有倾国倾城的美貌喽？”

“正是。她的相貌，比吾妻更美。”

天皇听了，立即派遣敕使前往常陆国宣旨，召文正的小女儿入京。

文正接到圣旨后，先喜后忧，对敕使说道：“草民的大女儿已经嫁给了中将大人，去了京城。草民本打算将小女儿留在身边养老，如果也去了京城，草民就老来无靠了。这可如何是好？”

于是敕使回京，将文正的顾虑禀告天皇。天皇下旨，令文正夫妻与小女儿莲御前一起进京。

莲御前的相貌果然比姐姐更美，天皇一见之下，惊为天人，倾心不已。立即宣旨，封莲御前为贵妃。文正也父凭女贵，得到天皇重用，官至大纳言，从此在京中过着富贵体面的幸福生活。后来寿至百岁，无疾而终。

文正以区区盐贩起家，卑微低贱，却不知前世积了怎样的善行，今生有此幸运果报。先富后贵，长寿安康，令人好生欣羡。读者诸君若也能行善积德，亦必有如此的好造化。

穷神与福神

很久以前,有个年轻的后生,父母早亡,他独自住在村中的小茅屋里,艰苦度日。由于家境贫穷,他多年后才在热心人的介绍下,娶上了媳妇。邻居们都替他高兴,齐来祝贺。

这个后生其实非常勤快,又能吃苦,但生活就是不见起色。真正的原因,是他家里住着一个穷神,所以一直无法致富。

穷神在角落里默默注视着前来祝贺的左邻右舍,心想:“有什么可祝贺的呢?我住在这里,什么好事都会变成坏事的。唉,也真对不起那后生了。”

新媳妇不仅人漂亮，而且十分能干，由早至晚，忙个不停。

“真是好妻子啊，我更要加把劲儿了！”丈夫比以前更勤奋了。

夫妻俩对穷神的存在毫不知情，他们努力工作，一心要改善生活。每天一听到鸡鸣，天色还未亮时，他们就起床了。擦把脸，立即下田，辛勤劳动。夫妻俩恩恩爱爱，形影不离，田地里留下他们数不清的汗水和欢笑。

每到吃饭时，妻子不管吃的是饭还是粥，都会先盛上一碗，供奉神明，并敬告道：“护佑我家的神明，请享用。”

这可让穷神为难了，他想：“古往今来，从来没有人尊敬过我，况且他们又这么勤劳，我又怎忍心再让他们受穷呢？看来我得走了。”于是他变得越来越无精打采，身体和力量也都变小了。

夫妻俩努力奋斗，日子渐渐地富了起来。到了第三年的除夕，他们备下酒菜和年糕，打算过一个好年。夫妻俩开心地唱道：

新年明日到，齐穿新衣裳。

年糕比雪白，佳酿似蜜甜。

忽然，从天花板传来“呜呜”的哭泣声。

“咦，是谁在哭？”夫妻俩惊讶地抬头一看，只见一个脏兮兮、又瘦又黑的老头正放声大哭。

“你是谁？为什么在我家哭呢？”丈夫问。

“呜呜呜，我是穷神呀，一直以来都住在这个家里，守护着你们。现在因为你们的勤劳肯干，所以除夕一过，福神就要来了，届时我就必须离开了。可是，你们待我真的很好，我舍不得走啊。呜呜呜，我好难过……”穷神哭着答道。

丈夫听说自家的守护神竟然是穷神，感到有点儿失望，但心想他毕竟也是神明，便说道：“既然您长久以来一直守护着我们，那以后也继续住下去吧。福神来了，我们拒绝他进来。”

妻子也安慰道：“是啊，我们会帮你赶跑福神的。”

穷神听了，惊讶不已，不敢相信夫妻俩说的。从古至今，人人都嫌弃穷神，何时有人对自己说过温暖亲切的话，这是第一次啊！

他感动得又“呜呜”地哭起来，不过这回是喜极而泣。

穷神哭过后，对夫妻俩说：“太谢谢了。那么，我就不走了。请让我饱餐一顿，才能有力气。”

“没问题。”夫妻俩早煮了一大锅饭，便端出饭和酒菜，请穷神好好吃了一顿。

穷神吃完，满足地对夫妻俩说：“真美味啊！现在有力气了，福神来时，我让他一步也进不了门。请你们帮助我。”

“嗯，我们一起帮你撵走福神。”

就在这时,除夕夜的钟声响了,“当、当、当……”

这钟声是神明换班的信号。

咚咚咚,传来敲门声。

夫妻俩去开门。福神得意扬扬地站在门口,说:“哈哈,我是人人期盼的福神,让你们久等了。”

他见到穷神,立刻斥道:“你这个脏东西,怎么还在这家里?这家人勤劳能干,不是你待的地方,快滚。不然我就动手赶你了。”

“要走的是你。我在这里已住了很久,早把这里当自己家了。”穷神毫不示弱,冲向福神,和福神扭打起来。

可是身材瘦弱的穷神,完全敌不过白白胖胖的福神。不一会儿,穷神就累得气喘吁吁了。

在一旁观战的夫妻俩高呼道:“啊,穷神,当心。穷神,加把劲儿!”

福神听到这话,惊讶极了,问道:“你们怎么了?为什么支持穷神呀?”

夫妻俩不理他,一起上前帮穷神,合力将福神推出了家门。

被赶出门的福神惊呆了,他从来没有碰到过这种事,太出人意料了。“身为福神,无论到哪里,人们都热烈欢迎我。可那家里的明明是穷神,理应招人厌恶,而应该供奉我才对啊!

怎么颠倒了呢?”他百思不得其解,只好匆匆忙忙地离开了。

由于走时太忙乱,福神将随身携带的小金锤遗落在那户人家中。

“快看,这可是件宝贝哩。太棒了。”穷神拾起小金锤,开心地边敲边喊:

“大米快快来!”

“豆酱多多来!”

“银币滚滚来!”

随着这一声声喊,一包包大米、一桶桶豆酱、一堆堆闪光的银币,出现在屋里。

夫妻俩既惊且喜,也用小金锤边敲边喊道:

“宽敞的新屋来!”

“好看的衣裳来!”

霎时间,夫妻俩身上都换上了新衣裳,做梦般站在宽敞的新屋中。

夫妻俩兴奋得手足无措,抬头望向穷神。啊,瘦弱的穷神不知何时,已经变成了白白胖胖的福神,手里举着那个小金锤。

“好极了,好极了!”新福神高高兴兴地和夫妻俩一起庆贺新年。

从此,这家人过上了幸福富裕的生活。

梵天国

淳和天皇[1]御宇之际，有五条右大臣高藤者，姿容秀美，才华横溢，且家境富足，于四方皆有粮仓，几乎事事称心如意。只可惜膝下犹虚，无子承欢，实乃一大憾事。高藤每日为此长吁短叹，愁眉不展。

一日，高藤静心思量："吾前世不知造下何等罪孽，竟报应今生一子亦无。即便吾寿至七八十岁，终究要一命归西。

①淳和天皇：日本第53代天皇，在位时间为823年6月9日至833年3月22日。

届时谁来接续香火？看来只能去向神佛求子了。”于是夫妇共谒清水寺，在佛前五体投地，参拜了三千三百三十三回，许下种种誓愿，唯求上苍垂赐一子。

“若所愿成就，当每月献八棱花形帐台、黄金白银三十三锭于尊前；又每日万灯供奉，连奉三年；延请百名僧侣诵《法华三昧经》，三年内日日不绝；并以金字书《观音经》三千三百零三遍。”

如此虔诚祈祷，到第七日拂晓，高藤忽得一梦，梦中只见一位高僧以庄严之声对自己说道：“到此处来。”高藤便随他来到宝殿后。高僧取出一块琢磨过的玉，放入高藤左袖中。高藤登时醒了。

之后不久，夫人果然妊娠，生下一名男婴。高藤甚是欢喜，为儿子取名“玉若”。玉若一天天长大，光彩照人，父亲高藤十分爱他，时刻将他带在身边，寸步不离。

玉若两岁时，父亲带他往大内参觐。天皇道：“此事倒是从未有过先例。七岁小童上殿，以前还见过，仅两岁便入宫的，这是头一回啊！不过，既是右大臣之子，便破例吧。”于是封玉若为四位侍从，赐丹后、但马两国。右大臣大喜，愈发悉心栽培玉若。玉若七岁时，已习得多门技艺，尤其是横笛，吹得极是优美。

七岁时，玉若之母染病弃世，右大臣悲伤无尽，寂寞萧索，儿子成了他暮年唯一的安慰。玉若长到十三岁时，右大臣也得了重病，不久即一瞑不视。玉若痛失双亲，无言可寄哀伤，唯有吹笛以祭父母。

笛声悲凄，七日间响彻天宇。到第七日午时，日光隐去，紫云由天而降。十六名天女天童簇拥着一位乘坐在金舆中，头戴玉冠、样貌威严的天官，在云中现出身来。那位天官流泪对玉若道："此前七日，汝为祭吊双亲而奏无上妙音，笛声传至天界，满天神佛皆为汝孝心所感。梵天国国王为嘉勉汝之孝行，特将爱女嫁汝为妻，定于一年后的今日下凡。届时汝须洁身斋戒，静心等候。吾乃梵天国使者是也！"言罢，驾紫云高升而去，消失在天际。玉若如在梦中，不知是真是幻。又不停诵经，为父母祈祝冥福。

到了约定之日，玉若忽然心感不安，于是洁身焚香，静心吹笛，等候梵天国公主下凡。

月夜清澄，银辉遍洒千万里大地。在一阵浓香中，天风吹动，降下花雨，一位芳龄十四五岁的公主乘金舆自天而降。她头戴晶莹玉冠、身穿五色锦衣、足踏金靴，美颜仙姿，凡间言语百般难描。

玉若对公主一见倾心，急忙道："请进。"公主入屋后，两人彼此相望，言语投缘，遂山盟海誓，结为夫妇。

天皇闻知此事，心中不悦，叹息道："朕受天子之位，天下尽在掌中，梵天王却不招我为婿，实在可恼。”

玉若此时已官至中将，天皇降旨，命他速速进宫见驾。中将乘马急趋大内，天皇对他说道：“朕欲汝妻入宫侍奉七日。汝若不愿，须将迦陵频[1]、孔雀取来，在宫中歌舞七日，以慰朕心。否则日本国再无汝容身之地。”中将应道：“臣明白。”立即转身回返自宅。

他和妻子商量此事，梵天国公主道：“夫君勿忧，我父王宫中有无数迦陵频与孔雀，可即刻召它们来歌舞。”言罢来到长廊下，以梵天国语言呼道：“梵天国之迦陵频与孔雀，请下凡来见。”不一会儿，迦陵频与孔雀果然从天上飞落。公主便让中将带上二鸟，前往皇宫。

宫中自天皇而下，大家都围拢来观赏迦陵频与孔雀歌舞。众人虽早已听说迦陵频之音、孔雀之舞妙绝天下，但却都是初次见到它们的舞姿、聆听它们的妙音，一时俱感开怀，天皇更是由衷的满意。就这样宫中众人整整欣赏了七天的歌舞，乐不可支。可是七天后，迦陵频与孔雀却忽然凭空消失了。

天皇登时大感失落，但想到自己说好了观赏七日，君无戏言，也只能无奈作罢。

---

①迦陵频：又作迦陵频伽、歌罗频伽、羯陵伽等，极乐世界中能唱最动听音声的神鸟。天竺人视其为乐神及音乐祖师。

二十日后，天皇又唤中将入宫，命令道："速将鬼女十郎姬带到宫中，否则用汝妻子替换。"中将领旨后，急忙回家，难为情地与公主商量道："说来惭愧，天皇又有旨意，这回是要鬼女进宫伴驾。"公主微笑道："这有何难？鬼女乃我父王属下，立时便能唤来。"于是再度来到长廊下，以梵天国语言呼道："十郎姬，请下凡一见。"过了一会儿，鬼女十郎姬果然从天而降。

公主道："十郎姬，天皇想欣赏你的姿容，请你去大内七日，陪伴天皇吧。"鬼女答应了，跟随中将来到皇宫，奏丝竹管弦，侍奉天皇、大臣、贵族享乐。但七天后，鬼女也忽然凭空消失了。

天皇默想道："连鬼女都这般貌美，那梵天王之女岂非倾国倾城？"这样想着，心中对梵天国公主愈发思慕。于是便打算用更刁钻的难题来对付中将，而后把中将流放海外，届时就能将公主据为己有了。

天皇为此再次唤来中将，下旨道："这回你去将雷神请到皇宫来。"中将又应道："是，明白。"不过他这次回到家后，深感差事难办，所以未向公主开口。公主见他愁眉不展的模样，便问道："夫君，天皇又为难你了么？请告诉我吧。"中将把天皇的旨意告知公主，公主笑道："此事简单。雷神乃梵天国国使，请稍候片刻，待我请他下凡。"公主言罢，来到长廊下，取出扇子,“啪啪”扇了几下,以梵天国语言呼道:“雷神,请下凡一见。”

霎时间,空中一小片乌云飞来,停在公主面前。公主对雷神说道:“请您往皇宫一趟,逗留七天,以慰天皇。”雷神驾云,一路电闪雷鸣,飞向大内。

公主道:“夫君,这顶宝冠给你。戴上后,可以防止雷鸣声震破耳膜,还能防止眼睛被电光闪坏。”中将依言戴好宝冠,急急赶往皇宫。

宫中,天皇下旨道:“雷神哟,请响雷吧!”登时雷鸣电闪,轰隆隆、轰隆隆,仅一两响后,殿上人①们都吓得肝胆俱裂。四五响后,宫中所有人都被震倒在地,半死不活。天皇原想让雷神在大内伴玩七日,可现在刚开头就差点儿没了半条命。他将头缩进衣裳中,抖抖索索,跪伏地上,不敢动弹。中将由于头戴宝冠,遮住了耳目,因此安然无恙。

中将见宫中众人狼狈的模样,便对雷神说道:“雷神哟,请静一静吧!”雷神立时静了下来,乌云也迅速消散。

中将归家后,天皇敕命紧跟着来到,赐封中将为中纳言。

五十日后,天皇又传中纳言入宫,说道:“迦陵频、鬼女、

---

①殿上人:官阶在六位以上的官员,才被允许上清凉殿(天皇日常起居之所)议政,称为“殿上人”。

雷神这三件事，你都能替朕办到，实在不易。朕的旨意你从未违背，真是忠心耿耿。所以，朕打算将最后一件难事交由你去办，请将梵天王的亲笔手书取来，如何？没问题吧？”中纳言答道：“且容微臣考虑考虑。”言罢，出宫返家。

中纳言将此事告知公主，这回公主也颇感为难，皱眉道：“此事并不简单，我自嫁到人间，已历时颇长，一时甚难归返梵天国。况且梵天国距人间极遥远，要去彼处，咱们夫妻势必久别，这太令人悲伤了。”说着，不由得一阵心酸，泪如雨下。

中纳言也哽咽道：“既然无法办到，就只好让你入宫侍奉天皇了。否则为夫就要被流放海外或是百济，届时你我便永世不得相见了。”

公主泣道：“梵天国女子一向从一而终，绝不会另侍他人。夫君为何说出这等无情无义之语？我就算入虎穴龙潭，进刀山火海，也绝不与夫君分离。”

中纳言感动不已，但仍然不知该如何向天皇复命。公主思索一阵，对中纳言说道：“从今日起，请夫君每日以冷水沐浴，洁身静心，向神佛祷告。七日后，登爱宕山顶，向下俯瞰，可见西北方有一条小道，从此道行七里，有一棵大树，树下系着三匹马，你将其中最瘦的那匹牵回家来。”

中纳言照公主所说行事，七日后登上爱宕山顶，果然望见西北方向有条小道。他顺道行了七里，在大树下看到了三匹马,便将其中最瘦的那匹牵了回家。

公主又吩咐道:“请多备马料。”中纳言问道:“需备多少?”公主答道:“用尽黄金三千两。”

中纳言心想这容易办到,便从北方仓库中支取了成色上佳的黄金三千两,全部买了大豆,一共三石[①]三斗,而后悉数拿去喂马。那匹瘦马竟将大豆全部食尽,又饮饱水,随即将身躯连抖三抖,登时变成了紫磨金[②]制的金马。

公主细致叮嘱道:“夫君,你骑马于明日卯正[③]动身,向东方疾驰。等金马身躯震颤,以足蹴地,准备飞上天时,就立刻紧闭双眼,途中无论如何不要睁开。待它飞抵目的地后,身体会再度震颤,届时再睁开双眼。”

中纳言依照嘱咐,跨上金马,扬鞭踢镫。金马身躯震颤,四蹄蹴地,中纳言急忙闭上双眼。金马腾空而起,飞升天界。也不知过了多少时间,金马开始着陆,身躯又连抖三抖。中纳言睁开双眼一瞧,已处身一片宽广的沙地中。他翻身下马,金马昂首长嘶,身躯三震,飞向远方,消失不见。

中纳言沿着沙地上的小道向前走去,途中遇一路人,遂打听道:“请问此地系哪国管辖?”路人答道:“梵天国。”中纳言

①十斗为一石。
②紫磨金:最上等的金。
③“卯时”是清晨五点至七点。“卯正”是清晨六点整。

又问:“那么梵天国王宫在何处?”路人答道:“沿这条路向南行,不久后便能见到王宫。”

中纳言心中颇喜,便顺道向前走去。一路平坦,无山无林,放眼望去,沙地广阔无垠,完全无人居住。他行出不多远,无意中低头一瞥,脚下的沙子竟然已全部变成了黄金。再抬头望向前方,只见金壁银墙,绵延不绝,无边无际。墙内琼楼玉宇,玛瑙为砖,琉璃做柱,七宝装饰,神工天巧,美轮美奂。传说中的极乐世界,大概便是如此!

中纳言步入围墙中,顿见一片玉色光华,玉阶、玉台、玉亭、玉帘,满目晶莹。

十名天女环佩叮咚,自内堂款款步出,伸玉指指向南面。中纳言心想:“她们可能是示意我去南面吧!”便向南而行,果然一座宫殿就矗立在那儿,二三十根琉璃柱并排而立,殿中美玉铺地,玉案玉椅正对着自己。中纳言走上前,在一张玉椅上坐下。

刚坐定,五名天女便手托放有水晶杯的金盘,翩翩而来。她们在中纳言座前的玉案上,并排摆好五只水晶杯,随即退下。接着又有十名天女,前五名手捧金瓶,后五名手持银铫,莲步轻移,来到玉案前,将金瓶、银铫一一对应水晶杯,开始斟酒。五种美酒斟满水晶杯后,天女们又一齐退下。她们来时身姿优美,斟酒时花容含笑,进退有序,轻盈快捷,处处散发出典雅的美感。

中纳言心想:“美酒置于案上,看来是要请我饮酒了。可为何无人来劝酒?嗯,大概是梵天国的风俗如此吧?那我也不客气了,先喝一杯。”于是举杯就唇,略尝了尝,登时满口芬芳,回甘无穷。他禁不住一杯又一杯,将五种美酒全部饮尽。那不可思议的美味绝不存在于人间,饮后令人陶然忘忧,妙不可言。

饮过酒后,又出来三名天女,在案上摆放银碗、银箸、银箸支架,接着奉上银钵,钵中盛有晶莹白饭,看上去特别优美,一粒一粒发出半透明的光。天女们将白饭盛入银碗中,置于中纳言面前,随即退下。

中纳言正起筷欲食,却见隔邻一间屋中,有个非人非鬼,望上去像骷髅的怪物,手脚被铁链从八方紧紧锁住。那怪物见到米饭,哀求道:“俺快饿死了,请您让俺吃一口吧!”

中纳言素来慈悲为怀,心想:“此人或许是犯下什么罪行,这才被囚禁牢中,饿成这样皮包骨头,真是可怜。”于是说道:“你向前一点儿,把嘴张开。”罪囚便勉力将身体向前挪了挪,张开大嘴,露出舌头,竟有一尺多长。中纳言吓得毛骨悚然,心中十分讶异:“这太吓人了,瞧他身材矮小,舌头竟如此之长,看来不是一般的罪犯啊!”

中纳言将少许米饭倒进罪囚口中,他一口全吞了下去。

刹那间，罪囚力气暴增，挣断铁链，冲破牢笼，纵身到案前，将剩下的米饭如风卷残云般，一气全吞下肚。然后踏破玉之宫殿，在暴风雨中腾空而起，飞向远方。

先前那些天女慌乱奔出，埋怨道："怎么会变成这样！你太不幸了！"说完又急急忙忙去报告梵天王。

中纳言提心吊胆，不知闯了什么祸？也不明白自己为什么不幸！

这时，梵天王头戴玉冠，威仪赫赫地走了出来。他在正面玉座上坐下，对中纳言道："吾女嫁往日本国后，与汝恩爱和睦，吾已悉知，心中甚喜。但如今却出了一桩祸事，汝可知适才逃遁的罪囚是谁？"

中纳言自然不知，唯有摇首无言。

梵天王叹息道："适才乞食的罪囚，乃罗刹国百闻王。公主七岁那年，他闯入梵天国，欲强夺公主为王后。彼时，吾与四大天王相商，无论上天入地，都要将他缉捕。后来，终于成功，将百闻王关押于天牢中，定于明日将其车裂，暴尸荒野。"

中纳言大惊，小心翼翼地问道："能否再将他缉拿归案呢？"

"此事已十分棘手了。汝可知适才所喂的，是什么米饭吗？"

中纳言再次摇首，深感内疚。

“不怕实言相告,那米饭非普通食物,乃南天极乐净土池畔所栽大米,食一粒便有千人之力,保千年之寿。贤婿乃吾贵宾,故而以此招待。哪承想你却拿去喂了百闻王。百闻王吞下整碗米饭,已得神力,即便是天之铁链,也锁他不住了。如今只怕公主已被他强掳往罗刹国去了。”梵天王泣道。

中纳言闻爱妻有难,心中忐忑,但因有君命在身,既已见到梵天王,不得不先顾君命,再想方设法搭救爱妻。他强抑泪水,对梵天王道:“小婿有一事相求,请岳父大人赠我亲笔手书,我携回日本国,向天皇复命后,立即动身赶往罗刹国,誓死夺回公主。”梵天王闻言,点头应允,在金札上亲笔手书名衔,交予中纳言,随即下令道:“来人,护送中纳言回返日本国。”

中纳言虽初次到此,但因梵天国乃岳父之国,所以颇感依依不舍。又想到自己万里归国,爱妻却已不在,往后的生活实在难以想象,不由得泪迸肠绝。

梵天王见中纳言哀伤的模样,安慰道:“莫太悲伤,小女说不定会寄信于你。”

梵天国官吏齐集宫殿门前,为中纳言送行。中纳言跨上来时所乘金马,金马长嘶三声,纵身飞向归途。

风声呼呼入耳,不一时,金马降到陆地。中纳言睁开眼,自己已身处繁华京都中,正站在五条大道上的自宅前。

中纳言也不回家,立即赶往皇宫,将梵天王的亲笔手书上呈天皇。天皇喜道:"此乃极其贵重之宝物,太难得了!"爱不释手地欣赏良久,才命人收入内匠寮[①]中珍藏。

中纳言了结皇命,归返自宅。由外观之,府邸并无改变,但迈入屋中,感觉便全然不同。百闻王显然曾侵入宅邸,女官与乳母见了中纳言,无不悲泣痛哭。公主用过的枕头、寝具全无变动,却已物是人非了。这一切到底是梦是真?中纳言心中凄苦,想道:"倘若是梦,希望我能早点儿醒来。"

九月过半,秋意渐浓。庭院中落叶纷纷,飒然有声。风吹松枝,一室皆寒。世人常叹息秋风悲凉,而今中纳言独立寒秋,形单影只,感时心伤,泪珠濡湿了衣袖。

中纳言苦念爱妻,夜夜不能安寝。因不能入梦,其与爱妻相会于梦中的愿望亦告落空。久而久之,中纳言于人世深感绝望,遂生剃发出家之心。于是急急赶往京都清水寺。

中纳言于寺中流泪祈愿:"吾自幼时起,便月月参诣佛祖。望菩萨念吾虔诚,恩赐公主与吾再见一回。若今生不能如愿,便请安排来世相会吧!"

翌日清晨,忽有一名八旬老僧立于中纳言枕边,说道:"欲觅公主行踪,汝可速往筑紫博多港,于彼处乘船出海,百日内定能探得公主下落。"中纳言蒙蒙眬眬中分不清是梦是

①内匠寮:负责修理日本皇宫中器物,管理营造的部门。

真,但醒来后立时明白这是观音菩萨在指点自己,于是马上动身赶往筑紫博多港。

到得港口,乘上一艘唐船,扬帆出海。船只航向何方,中纳言也不知晓。一连行了十三日,风急浪高,船主降下船帆,任船随海流推送,二日后,漂到一个海滨。

中纳言在海滨行走,见熙熙攘攘,往来者甚多。观察彼等样貌,大异常人,尽皆短发,头上长角,向上直竖;肤色黝黑,身材高大。

这些人见到中纳言,交头接耳道:"喂喂,看,那个是日本国人吧?"中纳言问道:"此为何地?"答说:"罗刹国。百闻王乃本国国王。"

中纳言又问:"百闻王为人如何?"

众人答道:"先前百闻王为夺梵天国公主,曾独身潜入梵天国,结果被四大天王俘获,关押于天牢中。后来食梵天国之米,获得神力,遂破牢而出,再夺公主。此番终于成功,今时本国王后,即梵天国公主。不过王后声称须为亡母念诵佛经千日以祈冥福,故而另建离宫居住。百闻王对日本国人恨之入骨,视为大敌,不准入境。所以你千万莫说自己是日本国人。"

中纳言对众人的好意十分感激。众人又问他:"阁下可有技艺在身?让我等瞧瞧。"中纳言便取笛吹曲,众人听罢个个欢喜。

人群中有一位老人说道："请您今夜到我家做客，讲讲日本国的趣闻吧。"说完，带中纳言来到自己家。

老人对中纳言道："不瞒阁下，老朽亦是日本国人，家乡在丹后。三年前，在海上遇到风暴，被西风吹到罗刹国。阁下是日本何处人？能见到本国人，真是欣慰啊！"

中纳言答道："在下是筑紫人，乃遁世修行者，一向漂泊无定。今夜之事当真如做梦一般。我与您相同，也是受强风吹迫，漂流至此。请问百闻王宫殿在何处？我欲前往拜会。"

老人道："老朽的女儿，亦献予百闻王为妃。另有不少女仆陪嫁，送往宫中。百闻王对修行者颇有好感，咱们一起去吧。"

两人正谈话间，百闻王已遣使者来请，说道："今夜有美妙笛音悠扬回荡，据说吹笛者系从远方漂流而来，请到王宫中一会。"中纳言正求之不得，便立即前往王宫。

百闻王见到中纳言，说道："适才所吹妙曲，能否请再吹一遍？"中纳言持笛，又吹了一曲。百闻王赞道："实是优美至极，令孤陶醉。"

别居于宫殿深处的公主，也听到了笛音，她知道中纳言已来到罗刹国，心想："千里迢迢，夫君是如何到此的呢？"虽然她十分渴望立即奔出，投入夫君怀抱，但为夫君人身安全考虑，唯有强行忍耐。

入夜后，中纳言仍站在王宫的庭院中吹笛。公主心潮起伏，身心俱为爱恋之火所焦灼。

百闻王对中纳言所吹笛乐甚为喜欢，便留他长住宫中，一有闲暇，就来听笛。日复一日，中纳言知公主必已听到笛声，只是自己不能随意走动，公主也不便来会。两人心有灵犀，静候时机。

某日清晨，罗刹国的邻国日月国国王遣敕使来到，奉上国书，云："敝国雄狮、猛象过多，滋扰民众，灾祸横生，敬请贵国相助围猎。"

百闻王应许，回书道："事已悉知。"遂率兵三千人，乘三千里之车，如疾风般驰离罗刹国，奔赴日月国。

得知百闻王离开宫殿，梵天国公主对女官们说道："我为母亲祈祝冥福，须一面焚香诵佛，一面以笛音敬奉。你们去把那位修行者请来，大家一起一饱耳福吧。"女官们欢喜异常，依言将中纳言请来。

百闻王既然不在，宫中众人皆感轻松，七日间听笛、劝酒，陶然于笛音美酒中，沉醉不醒。

公主见时机已到，疾步来到中纳言住处，说道："夫君，我们终于又相见了。此刻宫中众人皆已醉倒，你我速速逃离吧。三千里之车虽已被百闻王乘走，但尚有一台两千里之车可供使用。我们就乘它逃走吧!”说着,手拽中纳言衣袖,向车屋奔去。

中纳言见到爱妻,惊喜交集,但他也知现在不是诉说衷肠之时,便跟着公主一路疾奔。

孰料有一名女官酒醉稍浅,比其他女官早醒。她听见暗夜中有什么声音在作响,急忙四处查看,发现王后与修行者都不见了踪影。“难道他们一起逃走了?”女官飞跑至车屋,那台两千里之车,果然也没影了。

这名女官急忙唤醒其他人,大家商量道:“此事可不得了,必须立刻击鼓向大王示警。太鼓一里设有一架,只要敲响,一路传递下去,虽千里之遥,大王片刻便知。”于是击鼓示警,登时国内外击打太鼓声纷纷响起。

鼓声传到日月国,百闻王道:“竟然击鼓示警,看来罗刹国出大事了!”急急乘上三千里之车,飞升上天,迅速赶回罗刹国。

罗刹国女官们惶恐来迎,将事情一五一十向百闻王报告:“请大王恕罪。先前到宫中来的修行者,实是日本国中纳言。他趁大王外出,将王后夺去了。不过中纳言所乘乃两千里之车,大王乘三千里之车追赶,不难追上他。”

百闻王听罢,怒从心头起,须发倒竖,豹眼环睁,牙齿咬得格格响,在原地气鼓鼓地来回走动。片刻后,脚一跺,纵身跳上飞车，腾空而起，向中纳言逃走的方向追去。

中纳言在空中遥见百闻王追来，对公主道："我粉身碎骨亦无所惧，绝不惜命贪生。只是要夫人与我一起遭难，实在于心不忍。"公主道："如今说什么都无济于事。你我能结为夫妇，是两世修来的缘分。即便葬身波涛中，我也与你相伴。"言罢，泪如雨下。

这时，天边出现了迦陵频和孔雀的身影，正是先前在日本皇宫中歌舞的那两只大鸟。迦陵频飞到百闻王车前，用脚爪猛蹴飞车。飞车被蹴得左右摇晃，无法向前。孔雀则灵巧地飞到中纳言所乘车的后方，以脚爪蹴车，每蹴一脚，飞车就加速十里。孔雀不停地蹴车，两千里之车越飞越远。

紧接着，两只大鸟合二为一，在百闻王车前车后不断猛踢猛踹，三千里之车经受不住，直跌入地狱中。

中纳言的飞车终于平安飞抵日本国京都，在五条大桥上降下。

二人历经磨难，鳄口逃生，脱出生天，如做了一场梦般。他们回到自宅，只见庭院荒芜，门扉半掩，屋檐下杂草丛生，风吹松枝，似鸣悲声。夫妻俩不禁心生凄凉之感。

少顷，一人自宅中走出，问道："何人在门外？"中纳言道："是我啊！难道不认识了？"那名家仆陡然见主人归来，大为震惊，拜伏在地，放声大哭，说道："自您离家后，我等寻遍六十六国，却寻不到您的踪迹。今日您终于归来啦。”中纳言望着他，也泪流满面，一时间静默无言。

过了半晌，中纳言心想，该去大内参觐天皇才是，遂命仆人备车，匆匆赶往大内。

天皇听完中纳言的禀告，唏嘘感慨道：“爱卿以凡俗之身，竟孤身远赴罗刹国，救出爱侣，实在可钦可敬。丹后、但马两国本系爱卿封地，如今再赏赐予爱卿吧。”

此后，中纳言便偕公主往丹后国定居。据说中纳言寿至八十，公主亦高寿至九十。夫妻俩一生和睦，美满幸福。

一寸法师

古时，摄津国难波地方有一对善良的夫妇，已经四十岁了，依然膝下无子。他们十分发愁，为此经常去神社中，向住吉大明神虔诚祷告："神啊，求您赐一个孩子给我们吧！哪怕只有手指头大小，我们也会好好照顾他的。"

所谓心诚则灵，在妻子四十一岁时，真的有了身孕，随后生下了一个可爱的小男婴。夫妻俩高兴极了。不过，这孩子非常小，身子只有一寸长。尽管如此，毕竟是自己的孩子，夫妻俩仍然对他爱若珍宝，用心抚养，并为他取名"一寸法师"。

一寸法师虽然聪明伶俐，但身子一直不见长大，到了十二三岁时，仍然只有一寸高。附近的孩子们见他是个小不点儿，就常常嘲笑他、欺负他。夫妻俩也心生疑惑，埋怨道："唉，难道是前生造孽，今生好不容易有个孩子，竟又这么古怪，怕是不吉利啊！不如赶他离家吧。可是这样做，又于心不忍……"他们忧心得晚晚睡不着觉。

一寸法师十分孝顺，又有志气，心想这样下去，既不会有出息，也得不到幸福，于是毅然对父母说："我年纪已经不小了，请让我去京都闯一闯，见见世面吧。我打算在那儿学点东西，将来做个有用的人。"

父母十分惊讶，母亲说："京都很远呀，何况你个头又小，要走很长时间才能到啊。而且路上也可能很危险。"

但一寸法师心意已决，所以父母也不得不答应了。他们首先找来一把绣花针，给儿子作为宝剑，然后用稻秆做成剑鞘，挂在腰上。接着又将小木碗扣在一寸法师头上，当成帽子；用筷子做成手杖。一切准备就绪后，一寸法师怀着远大抱负，含泪跪在地上向父母磕了个头，便昂首挺胸地从住吉津①出发了。

他不停地走呀走，不知不觉中迷了路。啊，往京都的路，是哪个方向呢？

---

①住吉津：古代港湾名，即今日的大阪湾。

于是一寸法师蹲下来，向一只小蚂蚁问路："蚂蚁兄弟，去京都该怎么走呀？"

小蚂蚁见一寸法师只比自己高一点儿，感到很亲切，便热心地答道："首先穿过前面那个满是蒲公英的村子，再往前会看到一条小河，过河一直走，就能到京都了。过河时要小心哦！"

一寸法师道过谢，按照小蚂蚁的指引，向前走去，果然有个村子到处都是蒲公英。他又往前走了一段路，听见哗哗的流水声，到小河边了。

一寸法师摘下戴在头上的小木碗，将木碗当成小船，浮在水面上，自己跳了进去，用筷子做船桨，划动木碗，向下游漂去。

木碗船在河水中漂浮，水花不时飞溅到一寸法师身上。有时漂过的树枝接近木碗船，一寸法师立即用筷子一拨，灵巧避开；有条大鱼游来，将木碗船撞得骨碌碌转，差点儿翻沉，幸好一寸法师身手敏捷，用筷子桨竭力稳住了木碗。他心中满怀对未来的美好憧憬，边划船边咏起和歌：

难波故里已远离，为求前程上京去。

经过长途跋涉，一寸法师终于来到了京都。一上岸，他又把木碗船戴在了头上，把筷子当回了手杖。

他在繁华的京都到处转悠，看一切都觉得新鲜有趣。特别是四条、五条大道上，最为热闹非凡，货品琳琅满目，把人瞧得眼花缭乱。一寸法师小心翼翼地穿行在熙熙攘攘的大街上，尽量避免被人踩到。

“那儿有座雄伟的大宅，看起来应该是显赫人物的府邸，我应该去那儿拜访看看。”

于是他来到大宅门口，这儿是三条大臣的府邸。当时宅门紧闭，一寸法师便大声喊道：“劳驾，里面有人吗？”看门人听见了，急忙出来开门。可是一瞧门外，奇怪，一个人也没有啊。

看门人嘀咕着往回走，这时那个声音又从身后传来：“劳驾，有人吗？我要拜见三条大人。”看门人又返身开门，可是依然不见任何人影。

“我就在你的木屐上呀！”那个声音又说道。看门人低头一看，惊讶地在自己高齿木屐的屐齿间，看见一寸法师站在上面。他急忙将这个小不点儿带到三条大臣面前。

三条大臣将一寸法师轻轻捏起，托在手心上，笑着问道：“你来拜访我，有什么事吗？”

一寸法师从容答道：“希望您能收我做家臣，允许我为您效力。”说罢，在大臣手上恭敬行礼。

“可是……你这么小，能做些什么呢？”三条大臣纳闷地问。

一寸法师信心十足地回道:“您可别小瞧我!我可以躲在您的怀里保护您!”

他话音刚落,正巧一只蜜蜂飞来,嗡嗡叫着,要蜇人。一寸法师拔出腰间的绣花针,大喝一声:“看剑!”一下子便刺中了蜜蜂。三条大臣大喜,又见一寸法师谈吐不凡,器宇轩昂,就答应接纳他为家臣。

一寸法师被安排去保护大臣的女儿春姬。春姬很喜欢小小的一寸法师,把他安置在一个玩具小屋里,还常常教他读书写字。一寸法师凡事都很用心,每天习文之外,还勤练剑术,并发誓要尽全力保护春姬。春姬看书时,一寸法师就帮忙翻页;春姬绣花时,一寸法师就帮忙穿针。两人相处十分愉快。

一晃三年过去了,一寸法师十六岁了,但还是老样子,身高一直不见长。春姬也十三岁了,貌美绝伦。一寸法师早已爱上了她,下决心要娶她为妻。

某个晴朗的春日,春姬打算前往清水寺参拜观音。这时的京都,颇不安宁,人们都说有鬼怪出没,专抢美貌少女。三条大臣担心女儿出事,便从众多家臣中,选出数名身高力强的武士,随行保护春姬。一寸法师也自告奋勇道:“我也去,我也是家臣!”大臣答应了。由于一寸法师身子太小,春姬担心他在路上会被行人或者牛马踩到,所以把他藏在腰带的结口中。

一行人参拜完清水寺后，动身回府，途中忽然黑云翻涌，阴风阵阵，顷刻间飞沙走石，天昏地暗。狂风中现出两个恶鬼，一个是赤鬼，手里挥着槌子；一个是青鬼，手里舞着铁棒。赤鬼对青鬼说："这姑娘真美啊，咱们把她抢回去吧！"说着狰狞地伸出巨掌，要来抢春姬。春姬的随从护卫，个个吓得魂飞魄散，丢下春姬自顾自飞奔逃命。

春姬手脚发软，大喊道："救命！"这时一寸法师从春姬的腰带中挺身而出，向两个恶鬼大喝一声："住手！有我在，你们休想作恶！"说完，一跃下地，拔出绣花针，奋不顾身地冲向恶鬼。

赤鬼见一寸法师跟豆粒一样小，不禁哈哈大笑，轻蔑地说："就你这么个小虫，也敢向我们挑战？"伸掌将一寸法师抓在手中，张开口，咕噜一声吞进了肚子里。

赤鬼得意扬扬地转向春姬，狞笑道："现在没有人保护你啦，乖乖跟我们走吧，哈哈……"他正要掠走春姬，突然惨叫一声，倒在地上，翻来滚去，口中大叫道："啊，好痛，快停下，痛，痛死了！"

原来被吞进赤鬼肚里的一寸法师，正愤怒地用银针乱刺，赤鬼的胃被刺得剧痛难当，实在抵受不住，"哇"一声，将一寸法师吐了出来。

青鬼见此情形，气急败坏地抬起大脚，想踩死一寸法师。

一寸法师飞身跳起，瞅准青鬼的眼睛，一剑刺出。青鬼痛得狂呼惨叫："我的眼睛……什么也看不见了……"他双手捂眼，两脚乱踩，一不小心，失足跌下山谷摔死了。

赤鬼在一旁看得心惊肉跳，心想这小子绝非等闲之辈，自己还是快快逃命吧。恐惧之下，转身就逃，连手里的槌子也慌张得丢下了。

一寸法师跑回春姬身边，关切地问道："你没事吧？"

春姬感激道："谢谢你，一寸法师。如果没有你，后果不知会有多可怕呢！"

一寸法师道："请你帮我个忙吧！那个土黄色的槌子名叫'万宝槌'，是可以实现任何愿望的宝贝，用它敲一敲，要什么就有什么。"

春姬惊喜地说道："啊，原来是个魔槌！一寸法师，你想要什么？是金银财宝吗？"

一寸法师道："我不要金银财宝，我只想要我的个子快快长高。请你挥动槌子，帮我许个愿，让我长高，好吗？"

春姬捡起赤鬼留下的万宝槌，照一寸法师所说，挥动槌子，口中念着："请把一寸法师的身体变高变大吧！"

真是太神奇了！在万宝槌的敲击声中，一寸法师的身子迅速地长高，转眼就长得和平常人一样高了。他摸摸头，又跺跺脚，开心极了。

春姬望着高大英俊、充满男子汉气概的一寸法师，不由得芳心鹿跳。她回府后，将心事告诉父亲，三条大臣爽快地答应了婚事，并入宫在天皇面前保举了一寸法师。天皇对一寸法师勇救春姬的行为也十分赞赏，封他为少纳言。

一寸法师双喜临门，娶了春姬后，带着妻子回到家乡。他的父母见到魁梧健壮的一寸法师，以为是在做梦，又惊又喜，笑得嘴都合不拢。

一寸法师将父母接到京都享福。后来他官升中纳言、大纳言，和春姬生了三个儿子，幸福美满，安乐一生。

小敦盛

寿永三年秋，平敦盛[①]之妻玉织姬为避世人耳目，隐居于京都西山之麓。

一日，传来消息，夫君平敦盛战死沙场。玉织姬伤心欲绝，泣血捶膺：“夫君弃妾身于不顾，独赴净土。妾身无依无靠，日后将如何过活？”以袖掩面，哀哀而泣，几至声断咽绝。

①平敦盛（1169—1184）：日本源平争霸时期的平家武士，位阶从五位下。传说他容貌俊美，多才多艺，尤其擅吹横笛。1184 年 2 月，源平两军在摄津一之谷爆发大战。年仅十六岁的平敦盛参加斯役，被源氏猛将熊谷直实取首。

当时，夫君战死乃最大不幸。玉织姬万念俱灰，不愿苟活，屡屡生出殉情之心。但因身怀六甲，不得不含悲忍痛，冷静思索。想起夫君临别之际曾戏言："若我战死，你可改嫁源氏武士，把平敦盛忘了吧。"哪知竟一语成谶。又想到夫君曾嘱咐："倘腹中孩儿为男，将我金饰宝刀赠他；若是女儿，便送她一尊观音像。"言犹在耳，如今却阴阳永隔，当真令人泪下千行。

乌飞兔走，悲伤的日子一天天过去，终于到了分娩之日。玉织姬生下一个俊美的男婴，只可惜天下已无他容身之所。一之谷一役，平家大败亏输，源氏为绝后患，下令全力搜捕平家血胤及党羽，京中贴满重金提拿的文告。凡平家子孙，一旦被捕，十岁以上者枭首，十岁以下者或刀刺或沉江。杀得血雨腥风，平家一门个个胆寒。

玉织姬年纪尚轻，彷徨无计，提心吊胆，心想这样可爱的孩子，怎能见他被刀刺水溺？不如弃之道旁，让路人抱去，兴许还能留条性命。他是夫君唯一血脉，日后若能再见，便如见到夫君一般。决心既下，立即给儿子穿上夹衣，将金饰宝刀包裹在衣内，含泪走到京都下松一带，将儿子舍弃在路旁。

恰逢法然上人[1]带着十余名弟子前去贺茂神社参拜，途经下松，忽闻婴儿悲啼，近前一看，是个俊美的男婴，不知被谁遗弃在此。上人暗想道："瞧这婴孩所穿服饰，以及衣中宝刀，绝非普通百姓之子。想必是大明神令我救他，才有缘相遇吧。"于是将男婴抱回寺中，找了位乳母，悉心抚养。

岁月匆匆流逝，男婴已长成七岁的男童。他天资聪颖，对上人所教学问尽皆熟习，且善于触类旁通，上人很是喜欢他。

法然上人座下有一弟子熊谷入道[2]，法号莲生。某日，他不经意间，竟发现小敦盛的相貌，与死于自己刀下的平敦盛十分相似，不免心生疑虑："一之谷命丧我手的平敦盛，当时也不过十六岁，只是个大孩子。这孩童真的十分像他，实在是不可思议。"此后莲生每见小敦盛，就会想起当年战阵上的惨烈一幕，禁不住泪流满面，心痛如绞。

阖寺僧众，都对小敦盛的来历颇感兴趣，每每问起，小敦盛总说自己是孤儿，并不知父母是谁，是上人在下松抱回养大。众僧都知他定有些来头，只是碍于环境，不便寻根究底。

一日，小敦盛突然来到法然上人跟前，哭诉道："大师，我

①法然上人：法然坊源空（1133—1212），日本净土宗宗祖，又称黑谷上人。

②官阶在三位以上的官员出家，尊称为"入道"。熊谷入道即杀死平敦盛的熊谷直实。

是否因前生造孽,才令今世受罚,生于人世,竟连亲生父母也不知是谁。"上人也不禁哀叹落泪道:"孩子,莫悲伤,虽然你是个孤儿,但完全可将我当作你的父母。"

可是小敦盛仍念念不忘,一心要知道双亲是谁,竟如疯魔了一般,饮食不进,如此过了七日。众僧担心他出事,聚在一起商议。上人问众僧道:"这孩子为何会突然问我父母之事?你们中有谁知晓吗?"

熊谷入道近前答道:"记得是去年某日,有位贵妇人来寺中听经,见到那孩子,便将他唤去,瞧样子对他十分喜爱。那贵妇人年约二十多岁,身穿'十二单'[①],貌美如花。当时在场者较多,那贵妇也不多言,但我于暗处看得明白,她虽表面上装得与孩子不识,其实应颇有渊源。"

法然上人听罢,对围拢的人群说道:"诸位,数年前老衲与几位弟子前往贺茂神社参拜时,路经下松,这孩子便是那时拾到的。老衲将他抱回寺中,请了乳母抚养,迄今已有七年了。但他最近为何突然提起父母呢?现在他已七日未食、滴水未进,在场有哪位若知他父母是谁,望能如实告之,此乃莫

①十二单:日本女性传统服饰中最正式的一种,于10世纪后成为贵族女性的朝服。

大的嘉言善行。即便这孩子系平家后裔,被六波罗[1]捕去刺死,想必他也无怨无悔了。”上人言罢,伤心垂泪,在场者也人人涕泗交流。

这时一位年轻贵妇从人群左侧越众而出。只见她穿着十二单,身材纤瘦,琼姿花貌,一望便知身份尊贵。那贵妇在众人注视下,盘腿坐到地上,将已饿得奄奄一息的小敦盛半抱着靠在自己腿上,不停地轻声唤着,但小敦盛一直没有睁眼。

贵妇人哭诉道:“虽然此事说出来羞煞人,但此时此刻也只好如实告诉大家了。我原是藤原少纳言通宪的孙女,十四岁时,与时年十五的平敦盛两情相悦,结为夫妇。夫君于寿永三年战死一之谷时,我已有孕在身。夫君临别之际曾嘱咐道:‘倘腹中孩儿为男,将我金饰宝刀赠他;若是女儿,便送她一尊观音像。’后来我一朝分娩,生下一个男婴,相貌像极了他父亲。可惜普天之下,皆在搜捕平家后裔,年龄稍大者枭首,幼子则沉水。为保孩子性命无虞,我只能狠下心肠,将他弃之道旁,心想让路人抱去,兴许还能留条性命。他是夫君唯一血脉,日后若能再见,便如见到夫君一般。所以我就把他丢到了下松的路旁。后来我打听到法然上人将这孩子拾回寺中抚

---

①六波罗:指京都东山区六波罗寺一带,平清盛原先建官邸于此。平家败亡后,镰仓幕府设六波罗探题,负责警备京都情况,监视朝廷动向。

养,真是谢天谢地。从此我一心想见孩子一面,去年某日,借听经的机会,终于见到了他。今日不知为何,心中又总觉得这孩子要见我,便又来寺中。哪承想我那可怜的孩子,竟然成了这副模样。”

她话音刚落,不可思议的事情发生了。呼吸已经十分微弱的小敦盛,听到母亲的哭诉声,竟醒了过来。这定然是神佛护佑,才有此奇迹。围观众人尽皆喜极而泣。

小敦盛寻到母亲后,还希望见父亲一面。于是独自跑去贺茂神社,诚心敬祷于大明神:“请您大发慈悲,让我见见父亲吧,只要一次就行。”一直祷告了整整百日,到第一百日清晨,忽有一名八旬老僧,拄拐立于小敦盛枕边,告诉他:“孩子,你自生下来起,就从未见过父亲,这实在不幸。你一定为此牵肠挂肚吧?速往摄津国昆阳野、生田一带,你会如愿以偿的。”小敦盛听了,十分高兴,登时醒了,原来是个梦。

天刚破晓,小敦盛就动身了。他由贺茂神社出发,前往摄津国昆阳野、生田。行了十余日,来到摄津国一之谷,忽然天色大变,电闪雷鸣,狂风骤雨。小敦盛栉风沐雨,艰难跋涉,心中隐隐感到害怕。海浪汹涌澎湃,拍击着巨礁,仿佛击打在他心上。他百感交集,再加上路途劳顿,苦不堪言。

这时,前方有座小佛堂映入眼帘,佛堂中灯光幽暗。这种地方竟会有佛堂?小敦盛心生好奇,向着灯光走近一看,有个人正在佛堂的回廊处绕行,边走边诵经。此人脸上薄敷白粉[1],相貌俊美。

小敦盛轻叩佛堂木门,说道:"打搅了。"佛堂中那人应道:"此地偏僻,并无邻居,来者何人?"

小敦盛答道:"我为寻找生父,自京都而来,已在途中行了十余日,此刻天色昏黑,又兼风雨交加,故而想在贵处借宿一晚。"

佛堂中人开门道:"借宿无妨,请进。呀,你还是个稚童啊,父亲是谁呢?"小敦盛答道:"我是平家后裔,祖父乃太皇太后宫权大夫兼修理大夫平经盛,父亲名叫平敦盛。一之谷大战时,家父遭源氏大将杀害,我日夜思念父亲,故而在贺茂神社祷告百日,祈求大明神护佑,指点我见到父亲。结果神明托梦给我,让我到此寻找。我一路行来,不觉迷了路,走到了此处。"

佛堂主人听小敦盛说完,惊呼一声,不由自主泪下如雨,泣诉道:"孩子,在你眼前的,就是你日思夜想的生父啊! 天

---

①"脸敷白粉"是当时日本公卿贵族的特征。日本民俗中本以白色为最高贵,再加上平安时代宫廷建筑中深幽的长廊与房间,导致日照光线不佳,遂促使具有显现颜面效果的白粉在上层社会大量使用。当时宫廷贵妇与公卿多有扑粉,不过不是艺伎那种厚粉,而是薄薄略敷一层铅白粉或水银白粉。

下竟有如此巧遇？你尚未降生时，我随军战于一之谷，源氏武将熊谷将我杀死，时年仅十六岁。八年来，我徘徊幽冥，饱尝艰苦。倘若你真心记挂为父，就多行善事，替为父积累阴德吧！”

“如此说来，您就是父亲大人了？”小敦盛欢喜若狂，扑进父亲怀中，将小脸蛋紧贴在父亲的胸膛。过了一阵，他对平敦盛说：“父亲，和我一起回京吧，母亲也在等您。”

平敦盛垂泪道：“我只是亡魂，又怎能回去见你母亲？即便见了，她也定然伤心欲绝，更加难受。所以不见为好。”他轻抚着儿子的头发，小敦盛路途奔波，本已累极，伏在父亲的膝上，睡熟过去。

平敦盛心中思忖：“我心虽惦记妻儿，但人鬼殊途，岂能徒添家人悲伤？”于是取笔研墨，拉过小敦盛左衣袖，在袖上写下一首和歌。他自知此身已不属人间，必须让亲眷彻底忘却自己，于是强忍悲哀，消失在夜色中。

待到小敦盛睡醒，才惊觉父亲已然不见。他无比惊讶，不明何故如此。借着黎明的微光，他发现自己睡觉时，竟是伏在一块五寸左右的膝盖骨上，其上已生满青苔。小敦盛恍然大悟，这是父亲的遗骨啊！他哀绝跪地，放声大哭，声声凄凉，回响于天地间。

哭了很久很久，他才缓过气来，将父亲的膝盖骨挂于颈上，流泪回京。途中，忽见左衣袖上写有一首和歌：

荒草没生田，悲声为谁哀；昆阳野中聚如梦，慈父一去儿莫念。

小敦盛将写着和歌的衣袖贴在面颊边，摩挲着，仿佛在亲着生身父亲。他禁不住再度悲从中来，伏在地上，失声痛哭。天地无言含悲，唯有哭声回荡在原野。

小敦盛颈上悬挂父亲遗骨，哀泣着返回京都。他见到母亲，奉上和歌。玉织姬瞧那字迹，确实是亡夫所写，当年分别的情形，霎时间一幕幕浮现眼前。她肝肠寸断，悲难自抑，心中唤道："夫君啊，且慢行，待我前来寻你。"但转念一想，自己若弃世而去，剩下这孩儿孤苦伶仃该如何是好？父爱已失，怎忍让他再失母爱？又让谁来祭奠夫君亡灵，祈求后世冥福呢？玉织姬左思右想，暂时绝了殉情之心，决定勉强活下去。

其后，她又默忖与其空度时日，不如建一座小佛堂，为夫君祈祷冥福。于是她在京郊择一偏僻处，盖了一间茅庵，为阴阳永隔的夫君每日祷祝。

"据闻到了极乐净土，夫妻可以同修'一莲托生'[①]之躯。浮世不足恋，不如脱却尘缘，换上缁衣吧。孩子仍由法然上人

---

①一莲托生：来自日本净土宗的思想，善行者往生净土时，可在同一朵莲花上投胎转世。有"无论如何都在一起相伴"之意。

照顾好了。”

玉织姬硬下心肠，将儿子送回寺中，而后削发为尼，改称“莲池院”。如今她孑然一身，无牵无挂，将夫君遗骨安放于茅庵内，每日鲜花清水供奉，诚心祷祝。

不久后，玉织姬也弃离红尘，往生极乐净土。据说辞世时年仅二十三岁。

小敦盛在法然上人养育下，平安长大，终成比睿山一代高僧，并幸运地得享天年。

酒吞童子

话说自天地初辟以来，神国日本敬佛礼贤，四海清澄，一向太平无事，政通人和，百姓安居乐业。孰料醍醐天皇[1]在位时，日本国的安宁却被一件大恶事打破，闹得人心惶惶。

原来，在京都周边的丹波国[2]，有一座巍峨高山，名唤“大江山”。山上住着一个大恶魔，纠结了一伙恶鬼，私自修建了铁铸的城堡，独霸一方。大江山是进出京都的必经之路，行人

①醍醐天皇：日本第60代天皇，897年至930年在位。

②丹波国：属山阴道，俗称丹州、丹南、南丹。现在的京都府中部是其领域的一部分。

在妖魔猖獗的崇山峻岭中经过，完全无法保障安全。每当夜幕降临，大恶魔就下山劫掠，不仅在丹波国屡屡犯案，而且周边各国，甚至远方诸国，也频频遭他洗劫。尤其是繁花似锦的京都城中，无数美貌的妙龄少女都被掳掠走。

彼时京都有一位中纳言，名叫池田国方。他膝下育一千金，长得沉鱼落雁，亭亭玉立，是出了名的大美人。凡是有幸见过她一面的人，无不神魂颠倒；久慕她芳名的人，个个渴望能一睹娇容。父母对她更是爱逾性命，视为掌上明珠。然而，在一个月黑风高之夜，中纳言的千金却忽然失踪了。中纳言夫妇为此焦急不安，深深悲痛。阖府上下，包括乳母、下仆等人，也都慌得手足无措。

中纳言唤来侍卫，下令道："据闻京都中最出名的阴阳师[①]安倍晴明，一向十分灵验，你立刻去将他请来。"侍卫应道："遵命！"随即飞步奔出。过了一阵子，将安倍晴明请到了中纳言府邸。

中纳言对安倍晴明道："安倍大人，人生在世，即便育有

---

①阴阳师：精通阴阳术的专家。他们不但懂得观星宿、相人面，还会测方位、知灾异，画符念咒、施行幻术，能看见一般人见不到的恶鬼或是怨灵，不论多么强力的诅咒都能化解。借由森罗万象的卦卜和神秘莫测的咒语，阴阳师驱邪除魔、斩妖灭怪，成为上自皇族公卿，下至黎民百姓的有力庇护者。

五十名子女，因系亲生骨肉，故而个个都是心头的宝贝，您说是吧？更何况我和夫人只有这一个女儿，自然愈发爱得如珍似宝了。可是就在昨晚，小女却忽然影踪全无，不知去向了。她今年年方及笄，自生下来起，就娇生惯养，养尊处优，如花般娇美，似蝶般艳丽，这样惹人喜爱的女儿，却不知是不是被可恶的妖怪给掳走了？如果她真的落入魔爪，那我这把老骨头不如也跟着她一起去了。爱女若不在，我们夫妇活着又有何意义？”说完，以袖掩面，痛哭失声。

他哭了好一阵才止泪，哀叹道：“今日请安倍大人来，便是想请您占个卜，查查小女的下落。只要能查实她的行踪，无论花费多少钱都行。请您起卦吧！”

安倍晴明乃是阴阳寮中首屈一指的阴阳师，他手握相书，俯首凝神，开始占卜。过得片刻，他猛然抬头，两掌一拍，道：“中纳言大人，令爱的下落在下已然知悉。她是被丹波国大江山里的恶魔所掳，所幸性命暂时无碍。我立即做法事祷告，求神佛护佑，保她性命。从这卦象来看，此劫的起因在于大人当年因无子息，故向观世音菩萨求祷，菩萨送女予大人，结果大人却未兑现许愿时的承诺。于是菩萨降罪，致生此劫。请大人速去观音寺还愿，如此则令爱获救有望。”

安倍晴明说罢，抬眼直视中纳言，随后告辞而去。

中纳言与夫人听了安倍晴明一番话，讶异非常。中纳言暗想，救女还须先禀明天皇。于是匆匆忙忙赶往宫中。

天皇闻奏，心中亦觉惊惶，遂召集文武百官商量。

太政大臣奏道："往昔嵯峨天皇时，也曾有类似怪事发生，幸亏彼时有弘法大师[①]施展无边法力，降妖伏魔，封印住魔头，驱出国去，这才保得四海升平。现如今又出了此等祸事，该怎生是好呢？嗯，陛下，依微臣所见，不如敕命大将军源赖光去征讨大江山恶魔。源赖光是大名鼎鼎的豪杰，手下又有并称为四天王的卜部季武、渡边纲、坂田金时和碓井贞光，再加上勇士藤原保昌，由这些著名的武士领头，必定一呼百应，英杰云集。届时天下的勇武之士一起杀奔魔窟，浩浩荡荡，就算再凶恶的魔头也会吓得胆战心惊。所以，陛下，请立即降旨宣源赖光觐见吧！"

"爱卿所言有理，准奏。"天皇随即下诏，命源赖光觐见。源赖光上殿面圣，天皇道："赖光卿，丹波国大江山有恶魔作祟，闹得百姓人心惶惶。普天之下，莫非王土，岂能容邪魔外道肆虐害民？更何况大江山距京都颇近，愈加不准妖魔横行，为非作歹。朕任命卿为讨魔大将军，即刻出征，降魔安民！"

源赖光虽然口称"臣领旨"，心里却在犯难："那妖魔本领

---

①弘法大师空海（774—835），日本历史上最著名的得道高僧，延历二十三年（804）入唐，师事惠果学习密宗真谛；大同元年（806）携带佛典经书、法物等归国。弘仁七年（816），他在高野山创立真言宗。

高强，我一个肉身凡夫，怎能应付得了？再加上妖怪善于变化，倘若变成尘土树叶等，肉眼又怎能认出？可是圣命难违，不出征降魔也不可能。嗯，既然人力难伏妖魔，何不拜求本地诸位神祇，祈借神力除魔！对，唯今之计，也只有此法可行了。”

赖光遂与部下分头行事。他自己和渡边纲前往石清水八幡宫，碓井贞光和坂田金时前往伊势神宫，卜部季武和藤原保昌前往贺茂神社，各行法事，诚心祷告，祈求各路神灵施予援手。日本乃八百万神之国，这些武士的祈祷，每位神灵都听到了。

祈神完毕后，赖光聚齐其他五人，商议接下来的行动。赖光道：“对手是魔物，以大军进剿，并无大用。不如只我等六人乔装打扮成修验者[①]，声言因迷路而在大江山中失去方向，借此四处探寻那个魔头的巢穴。待寻到地方，即行动手除魔。此法于目前看来，乃最佳之计。咱们收拾好行装，藏好兵器，这就启程吧！”其余五人齐声赞成，于是整理好行装，将各自最称手的刀、剑等兵器，以及头盔、号角等必备物品藏好，秘密离京，向丹波国疾行。

---

①修验者：又称山卧、行者，指为得神验之法而入山修行苦练者。尊奉奈良时代初期的役小角为始祖。

两日后，这六名武士来到丹波国大江山，在山路上遇见一位樵夫在砍柴。赖光问道："你可知这山中魔头的巢穴在何处？还请指条道。"樵夫答道："前方有座山峰，瞧见没？攀过山峰，一路直行，再攀过几座山峰、翻过几个山谷，应该就到恶魔的巢穴了。不过迄今为止，从未有人活着到过那儿。"

赖光谢过樵夫，对同伴说道："我等就攀过山峰，看看是何情形。"其余五人答应一声，尾随赖光继续前行。他们攀过一座又一座山峰，穿过一个又一个山谷，走了多日，来到山谷中的一条小溪旁。

一间简陋的小木屋就搭在溪边，屋中住着三位老者。赖光见状，心中生疑，暗忖："荒山野岭，竟有人居住？这三人到底是何身份呢？"

这时一位老者走出木屋，说道："将军不必疑虑，吾等绝非鬼狐所化。老朽乃摄津国蕨郡人，其他两位，一人系纪伊国音无里人，一人系京畿山城国人。只因前些时候，这座山中唤作酒吞童子的大魔头，抢掳走老朽三人的妻女，我们愤恨交加，故而决定进山寻那魔头拼命。一路艰辛，终于来到此山中。"言罢，老者招呼六名武士入屋歇坐。

武士们入屋后，另一位老者开口道："诸位器宇轩昂，看来绝非等闲之辈。瞧这模样，只怕是受了皇命，重担在肩，来此山进剿酒吞童子的吧？吾等三人，妻女俱为魔头掠去，大仇不共戴天。如蒙不弃，就由我等为各位带路吧。来来来，诸位请先卸下行装，在此养精蓄锐。”

源赖光闻言，心中愈发大惑不解，默想道：“此事当真不可思议。这三位老者怎会知晓我们的秘密？他们究竟是何许人也？”尽管内心狐疑，但面子上仍然敷衍道：“老丈过奖了，我等也不过是凡人。只因在山中迷路，这才兜来转去地寻路。此刻说来也确实疲惫了，既然老丈好意留我等歇宿，那就叨扰了。来，大家坐下，好好歇息吧。”说完，他先卸下行装，坐了下来。其余五名武士也一起坐下休息。

赖光取出美酒，对老者道：“且饮一杯。”三名老者应道：“多谢，我们各饮一杯吧。”众人边饮酒边叙谈。第三名老者道：“诸位气度非凡，不像是修验者。依老朽观之，应当是闻名天下的大英雄。唯有英雄豪杰，方能击败酒吞童子。似吾等老迈之躯，心有余而力不足，就只能干瞪眼啦。”

第一位老者接道：“那大魔头因为十分嗜酒，短发凌乱，面部血红，所以人称‘酒吞童子’。他每日都要喝得酩酊大醉，然后倒卧酣眠。一旦入睡，便彻底不省人事。老朽三人有一奇酒，名唤‘神变鬼毒酒’，只要给那魔头喝了，就不能再变化神通，亦无法飞天遁地。届时要杀要砍，听凭诸位处置。这酒对恶魔而言是猛毒，对诸位来讲却是妙药，只要喝下，立时变得力大无穷。”老者说着，又取出一个精炼头盔，对赖光道：

“将军戴上这星甲盔后，便能斩下酒吞童子的头颅，而不会受其伤害。”言罢，老者将神酒与头盔都交给了赖光。

至此，六名武士已知三位老者其实是神灵所变，特来助一臂之力的。他们心中感激，泪流满面，一时间静默无言。

三位老者道：“诸位，动身吧！由我们在前头带路。”说完领头走出小木屋。六名武士紧紧跟随，越过逶迤山岭，跨过潺潺溪涧，蹚过浩浩河流，终于，来到一条大河前。老者道：“在这条河的上游，有一位十七八岁的妙龄女子，乃是出身高贵的世家千金。酒吞童子的具体情况，询问她便知。待诸位与那魔头交手时，我等三人会再来助阵。此刻不妨实言相告，我们正是石清水、伊势、贺茂三神社的神明，因受尔等临行拜谒，特地变化来助尔等除魔。”言毕，三位老者顷刻间消失不见。

六位武士所料果然不错，三位老者确实是神灵！赖光急忙领着其他五人跪倒在地，膜拜叩谢。

拜罢起身，照着三神明的指引，他们溯流直上，继续进发，到达大河的上游。果然，在河边有位十七八岁的少女，正埋头洗衣裳。那衣裳上沾满血迹，少女满脸泪痕，显然在边洗边哭。

赖光等人近前询问，少女惊愕道：“你们是何人？”赖光道：“我等来自京都，专程来救被掳女子。姑娘莫怕，你是哪儿人？”少女回道：“我是京都人，某个漆黑之夜，被恶魔强抢至此。双亲不见,自幼喂养我的乳母也不见,受困此处已经颇有些日子了。不知何时才能再见到亲人! 呜呜呜……”她涕泪交流,痛哭失声,一面抽噎着,一面指路道:“前方不远处便是恶魔巢穴。只是凡人要来到此地,绝无可能。诸位是如何做到的呢? 求求你们,救我回京都吧!”

赖光问道:“您是京都哪家的千金?”少女答道:“我是花园少将的独生爱女。似我这般的贵族千金,有十多人被掳在此。近来又有位中纳言的女儿,刚被抢来。只要是年轻貌美的女子,那恶魔一旦瞧中,就会去掠来糟蹋,蹂躏完了,再喝她们的血、食她们的肉。那场面简直惨不忍睹。堀河中将的女儿今天就遭了毒手,骨断躯折,流出的鲜血把衣裳都染红了。瞧,我现在洗的这件,就是她的衣裳。我们真是苦命人啊!”少女越说越悲伤,泪流难收。六名武士听了,心中悲愤,也跟着泪下如雨。

赖光劝道:“姑娘莫哭,我等此行目的,便是除魔救困。待剿灭那魔头后,会立即将你们全部救回京都。那魔头巢穴的地形如何,你细细说与我们知。”

少女道:“菩萨保佑。我不是在做梦吧? 诸位真是来救难的? 好,我现在就将魔窟的详细情形告诉你们。顺着这条河流向上,步行五百多米,便是魔窟所在。那是一座铁铸的大城堡,铁门紧闭,门前派有十余名小鬼轮流巡守。城堡中矗立数座大小宫殿，铺设琉璃瓦，垂挂珠玉帘，极尽奢华。铁堡的正殿前，由酒吞童子的得力属下‘四天王’把守，分别是熊童子、虎熊童子、星熊童子、金熊童子。酒吞童子居于正殿深处，一到夜间，就强迫被抢来的少女服侍他饮酒就寝。”

赖光又问道：“那酒吞童子的相貌如何？有何弱点？”少女答道：“酒吞童子赤颜短发，身高丈余，发髻不系，任由头发披散。白昼显人形，夜晚现鬼形。头上生角，面目狰狞，可怖至极。他的弱点就是酷爱饮酒，喝得烂醉如泥后，倒头便睡。一旦入睡，任凭谁都唤不醒。只要诸位能设法入殿，灌醉他，就可随心所欲了。那魔头恶贯满盈，今日劫数难逃，必有恶报。诸位英雄，望谨慎而行。我在此为你们祷告，祝武运长久！”

六名武士谢过少女，按她的指点，顺流而上，来到铁堡的铁门前。在门前把守的十余名小鬼见到他们，相视一笑，乐道：“哈哈，咱们正愁没肉吃呢，瞧，有人自己送上门来了。当真是‘飞蛾扑火’。大家一起上，撕碎他们吃肉。”

小鬼们争先恐后，纷纷拥上，准备动手。这时，一个领头的机灵鬼忽然说道：“且慢。如此美味，咱们做属下的，难道可以私吞？我看要先禀过大王，再将他们分尸而食也不迟。”其他小鬼听了，齐声应道：“此言有理。的确不能私吞。”

于是一个小鬼整整衣襟，摆出正儿八经的模样，前往正殿中酒吞童子处，将铁门前的事如实禀报。酒吞童子听罢，吩咐道：“这可真稀奇，竟有凡人可以来到此地。无论如何，先把他们带进来，让我瞧瞧再说。”小鬼回去，将源赖光等六人领至正殿长廊下。

六勇士盘腿坐下等候。过得片刻，先是一阵腥风扑面，接着电闪雷鸣，一个模糊的身影在一团白烟中隐隐而现。酒吞童子来了！但见他身形高大，身穿大格子织物，下围红裤，肤色赤红，头发稀少且杂乱，手持铁杖，睥睨视人，形貌令人不寒而栗。

他开口问道：“俺这大山与别山不同，山高路陡，谷深壑险，并无道路可以通行。天上飞鸟、地上走兽，都不能到此，尔等凡夫俗子，是如何上来的？是从天上飞来，还是河里有大鱼载你们来？快说！”

赖光闻言，答道：“回禀酒吞童子大人，我等皆是修验者，之所以到此，其中有些因由。须知自修验道鼻祖役小角起，就有于崇山峻岭、杂树荒草中开辟道路的修行。役小角祖师在深山修行时，路遇三鬼：后鬼、前鬼与恶鬼。祖师为他们讲经说法，并送食赠衣，由此修验者与鬼神结下深厚情谊。而今我等仍愿与各路鬼神结好，以继修验道良好传统。”

卜部季武续道：“我六人情形都差不多。就说在下，本是出羽国羽黑郡人，于大峰山遇见其他五位，便一道精进修行。

今年开春,因欲往京都览胜,大伙儿遂结伴同行,下山向京都而去。谁知不熟路径,半道迷途,鬼使神差竟来到此山。然不幸中有万幸,借此机缘而得以拜会酒吞童子大人,这实在多亏役小角祖师的引导,我等三生有幸啊!"

碓井贞光接话道:"俗语有云,同憩一树荫,同汲一河水,皆是前生缘注定。不但今生有缘聚首,来世亦得续缘。我等迷途中竟能来到贵处,便是此种缘分。望阁下容我等多住几日,在下随身带有美酒,愿把酒言欢,以庆相逢之缘。不知尊意如何?"

酒吞童子生性嗜酒,闻有美酒献上,心中大喜,哈哈大笑道:"俺也有好酒,请各位一饮。"于是领着六名装扮成修验者的武士,离开长廊,来到正厅。

酒吞童子举起酒杯,先递给赖光。赖光一看,那酒竟是血红色,想必就是用被掳少女们鲜血所调的血酒。赖光强忍心中愤怒,做若无其事状,接过酒杯一饮而尽。酒吞童子高兴道:"痛快,痛快!"随即命小鬼再倒一杯,给下一位客人。小鬼遵命斟酒,又倒满一杯,送到渡边纲面前。渡边纲接过,和赖光一样,强作镇静,喝光血酒。如此这般,六名武士都喝了血酒。

酒吞童子又问小鬼:"有啥下酒菜么?速呈上来。"一旁伺候的小鬼应道:"有。"将早先切下的人手、大腿盛在菜盘中，送到酒吞童子席前。酒吞童子望了一眼，吩咐道："尽快做成菜肴，再送来下酒。"送肉小鬼答应一声，正要起身退下，赖光道："且慢。不必费事，生食即可。"

言罢，从腰间拔出肋差[①]，将肉切成每块四五寸长，挑在刀尖，张嘴大啖，不一时便吃了数块。渡边纲见了，说道："不可拂了酒吞童子大人的一番美意，这肉我也吃一块。"说罢将一块人肉扔进口中大嚼，看样子似乎甚是美味。

酒吞童子见他们连人肉也敢吃，笑问道："诸位修验道的行者，未请教贵山头在于何处？修的是哪门佛法？不但茹荤饮酒，居然人肉也吃，真是罕见！爽快，够胆量！"

赖光肃容答道："承蒙谬赞。我等身为修验者，凡他人诚心所赠之物，皆不可婉拒。即便心中不愿接受，亦不可对人明言。尤其于酒宴之际，更不可令他人扫兴。我等心中真正挂怀的，唯有一事：修行为重。依佛家观点，人生如梦，变幻无常。生于末世，命如朝露，故而我等追随佛陀潜心修行。佛法云：处处皆净土，此身即是佛。不管是何食物，与水米均无分别。我等刻苦修身，最终目的乃是为了顿悟成佛。这番心思，能言于阁下，实是荣幸。"

酒吞童子听罢，大为钦服，急忙道歉道："实在对不住，竟

---

①肋差：日本武士随身携带的短刀，用于近战或剖腹。

让诸位吃那样的酒菜。真心请各位原谅。”至此,酒吞童子内心的警惕已去了大半。

源赖光见时机已到,起身取出三位老者送的鬼毒酒,道:“此酒系大峰山上的仙人所赠,乃人间罕见的佳酿,敬献阁下为礼,愿共饮同醉。为示坦诚无欺,在下先饮一杯。”说罢,他自行倒满一杯,举到唇边,一饮而尽。

酒吞童子也不疑有他,听凭赖光为自己斟满酒,接过就喝,一杯又一杯。那酒初下肚时,感觉绵滑爽口,醇香无比,美妙的感觉无法用言辞来形容。

酒吞童子喜形于色道:“俺后宫中有几个心爱的女子,如此美酒,得叫她们来作陪,喝起来才更有劲儿。”于是,命小鬼唤来池田和吉田两位少女,在酒席间坐下,陪自己饮酒。

赖光见到两位贵族千金,说道:“二位都是从京都来的吧? 且让在下敬你们一杯。”言毕为两位少女各斟了一杯酒。

此时酒吞童子已喝到微醺,得意扬扬地开始自述身世:“今日当真痛快,俺就把身世跟你们唠唠,助助兴。俺出生在啥地方,在哪儿长大,现在想来,都是一笔糊涂账,说不清了。俺也不想去弄清楚。记忆最深的,是俺自小就中意吃人肉,时常去村子里抢人家的孩子吃。越吃越上瘾,索性变化为童子的模样,去到越后国泽山寺中打杂。后来由于一件小纠纷,与寺里的秃驴们大吵一场。俺恨透了那帮秃驴,将他们杀得一干二净，连夜逃去京都比睿山。谁知比睿山有个厉害的和尚，叫传教大师[1]，一眼就识破我的真身，施法把我赶出了比睿山。俺无处栖身，只好在大江山落草，时不时去京都掳掠美女回来享乐。哪知京都也有个厉害的和尚，叫弘法大师，施展密法，将俺死死封印住。”

赖光等人听得兴致勃勃，问道：“后来如何？”

酒吞童子道：“后来也不知啥原因，封印俺的法力越来越弱。终于有一天，俺挣脱了束缚，重得自由之身，又可以为所欲为了。俺于是去寻那弘法秃驴的晦气，哪知向人一打听，才知那秃驴已经死在高野山了。正因为他死了，封印俺的法力才会变弱。”

说到这儿，酒吞童子兴奋起来，提高嗓门道：“诸位也看到了，自从弘法死后，再没人能制住俺，方圆几百里都是俺的天下。高兴起来，便去京都抢来漂亮女子，任俺奴役使唤。玩腻后，喝光她的血，吃光她的肉，再去京都抢新人来。瞧瞧，俺这铁堡，都仔细瞧瞧，还有这铺着琉璃瓦、垂挂珠玉帘的宫殿，宏伟壮观，丝毫不逊于皇宫。内苑中亭台楼阁，四季百花，应有尽有，美景目不暇接。到得夜里，舒展四肢，躺卧锦床上，唤

①传教大师即日本天台宗创始人最澄（767—822）。曾入唐学佛，归国后在比睿山大兴天台教义。

那些美貌少女来服侍,那种享受,千金不换啊!"

"嗯,嗯,真了不起!"六名武士虚与委蛇,表面上装出一副衷心钦慕的模样,一面连声夸赞,一面轮流劝酒吞童子饮酒。

酒吞童子饮着美酒,醉意渐深,话语滔滔不绝。突然,他猛地一顿,面上浮起一片愁云,声调也低了下去:"俺现在虽说万事皆好,但仍有一件事提起就揪心。京都中有个叫赖光的武士,大名鼎鼎,据说可称是日本国第一勇士。更可惧的是,他还有五个得力的部下,叫啥纲、啥贞光、啥季武、什么金时,还有什么保昌来着,个个文武双全,让俺担了不少忧。"

酒吞童子停了停,仿佛想起什么往事,又狠狠地说道:"是去年春的事了。俺派了个年轻的副将,叫茨木童子的,去京都劫掠。哪知道在七条大道堀河边,撞上了那个啥纲。对了,是叫渡边纲。茨木急中生智,赶忙幻化成美貌女子,接近渡边纲,趁他不备时,一把抓住他的发髻,借着夜色掩护,就要痛下杀手。孰料渡边纲身手敏捷,腰间还挂着赖光赐的名刀'髭切'。他见事态紧迫,急忙拔刀出鞘,反手一挥。刀锋锐利,寒光一闪,'扑哧'一声将茨木童子抓着发髻的手臂砍了下来。茨木童子如果在七天内拿不回断臂,就会法力全失。后来俺耗尽心机,才在第七天将茨木童子的手臂弄了回来。如今回想,仍不觉恶向胆边生。打那以后,俺就少去京都了。

都是那帮坏家伙害的。哼!”酒吞童子气鼓鼓地,恨声连连。

忽然,酒吞童子睁着大眼,在六名修验者身上来回扫视,道:“怎么俺突然觉得你们有些古怪呢?怎么你看起来挺像是赖光?身旁这个,怎么瞅着就像是砍断茨木童子手臂的渡边纲。其余几个,俺瞧着像是那啥贞光、啥季武、什么金时,还有什么保昌……嗯,错不了,俺眼光一向犀利,从来不会看错人。啊呀,坏事了,是敌人混进来了。儿郎们,小心提防,操家伙!”

在场的一众小鬼听了,个个凶相毕露,准备扑上来动武。

赖光眼见形势危急,为免横生枝节,连忙想法,要化解酒吞童子的疑心。他本就是能文能武的智将,此时灵机一动,镇静自若,哈哈笑道:“酒吞童子大人,您说笑了。像我等区区几个修验者,哪里像日本第一勇士呢?什么赖光,什么渡边纲,这些人的名字,在下今日都是初次听闻。至于长相,那更是无从说起了。若非阁下方才言及,只怕一辈子都不知道有那些人哩。阁下将我等比作那些穷凶极恶的歹人,真令我等愤慨。身为修验者,为普度众生,我等于荒山野岭风餐露宿,无论有情无情[1],一应救度,岂是恶徒可比?”

---

①有情无情:佛教术语,“有情”指一切有感情、意识的生命,“无情”指植物、微生物等有生机而无情识的生命。

酒吞童子无言以对，犹豫起来。赖光为取得他的完全信任，说道："酒吞童子大人，请容许在下讲一个佛经故事。昔时，有位修行者叫宗风，他云游诸国，苦修佛法。某日，他在一条山间小径行走，忽闻下方深谷传来唱偈声：'诸行无常……'宗风好奇心起，便走到谷中一看，竟是个八头九足鬼，相貌极其凶狠。宗风近前问道：'方才所唱之偈，应该尚有下文，望能垂教。'那鬼道：'念给你听容易得很，但俺现在腹中饥饿，唯有吃过人肉，填饱肚子，才能教你。'宗风道：'无妨。只须将下文告知，我便能顿悟。然后你可将我吃了，决不反悔。'鬼大喜，便将佛偈完整念道：'诸行无常，是生灭法；生灭灭已，寂灭为乐。'宗风听毕，欣然道：'多谢垂教。'遂主动让鬼吞吃了自己。后来，宗风重生，便是世尊释迦牟尼；那鬼转世，成了毗卢遮那佛。"

赖光讲完故事，又说道："我等修验道门人与宗风同为修行者，自也不惜肉体凡身。如果阁下欲取我等性命，望能效仿那恶鬼，传授我等些许佛偈，让我等临死前，也能顿悟佛法。"

这番话言辞恳切，毫无破绽。酒吞童子听了面色稍霁，对赖光道："嗯，此话令俺豁然开朗。其实俺也知这铁堡，凡人到不了。只因对那帮武士耿耿于怀，所以一直惦记着。即便有美酒，也难以忘忧啊！"

说到这儿，酒吞童子已经变得客气起来，又道："诸位所携美酒实在醇厚，把俺喝醉了，所以啰里啰嗦地讲了一通不敬的话，诸位千万别见怪。俺天生皮肤就红，喝了酒更是血红血红的，瞧着就可怕。不过你们瞧着我可怕，我瞧着诸位也觉得可怕呢，哈哈！只是熟悉了以后，再瞅你们这帮修验者，还蛮中看的。哈哈哈！”他高兴得忘了刚才的顾虑，嘴里还哼起了小曲。

心结既解，酒吞童子放怀豪饮，酒到杯干，三神明的鬼毒酒浸透他的五脏六腑。渐渐地，酒意上涌，酒吞童子心神迷乱，手舞足蹈道：“儿郎们，此酒真是天下无双的美酒，俺喝得开心极了。尔等要好生伺候这几位修验者。来啊，起舞助兴！”

一名小鬼立即起身，正要起舞，赖光道：“且先干了这杯酒，再跳不迟。”说完，给坐成一排的小鬼们逐一敬酒。那些小鬼饮下鬼毒酒后，毒性也开始向五脏六腑蔓延。

起舞的小鬼，唤作石熊童子。他边跳边唱道：“京中有客来，迷途至深山，送来可口菜。”

六名武士听了，已知歌中之意，是打算拿他们当下酒菜。赖光再度起身，倒满一杯酒，递给石熊童子。渡边纲也随机应变，起身伴舞，口中唱道：“迎新辞旧岁，春风拂岩屋，吹折满树花。”此歌言外之意，是将武士们比喻作大风，吹到魔窟，扫荡恶鬼，令大鬼小鬼的头颅如风吹花瓣般落地。那些粗鲁的恶鬼，哪能听懂歌中含意，反而陶醉于优雅音律中，连声赞好。

终于，酒吞童子喝到烂醉如泥，再也支撑不住，遂说道：“儿郎们，这几位修验者就交给你们招待了。两位美人，替我好生陪客。”又对赖光等人说道：“诸位如果累了，也请自去休息，咱们明天再聊。”说完转身回返寝宫。

陪饮的其他恶鬼，包括酒吞童子四天王在内，见大王歇息去了，全都松懈下来。不一时，鬼毒酒药力发作，他们个个东倒西歪，沉睡过去，不省人事。

赖光见恶鬼们皆已醉倒，便问两位少女道：“二位是哪家的千金？”其中一个少女道：“家父是中纳言池田国方，我是他的独生爱女，前不久刚被那魔头抢来，双亲现在一定为我担忧死了。那魔头害得我难见天日，惨不堪言，望各位英雄救救小女子。”说完，泣下如雨。

赖光又问另一位少女：“那你呢？”少女答道：“家父乃吉田参议，自被那魔头强掳到此，生不如死。每日都只不过是苟延残喘，忍辱偷生。”她倾吐着内心的辛酸，也是泣不成声。

赖光听罢，劝道：“你们的种种苦难，我等均已知晓。长途跋涉至此，便是要解救你们脱难。望再忍耐一会儿，一到晚上，我等立即动手诛杀恶鬼，然后带你们回返京都，与日思夜想的双亲团聚。酒吞童子的寝室在何处？请带我们去！”

两位少女转悲为喜，欣然答应道：“当真是意外之喜啊！

各位既是为救难而来，我们自当领路，带你们去那魔头的寝室。”

赖光见时机终于成熟，大为振奋，吩咐其他五名武士道：“诸位，整装备战！”言罢，自己先披上铠甲，头戴神明送的星甲盔，擎起宝刀“安纲童子切”，心中默诵南无八幡大菩萨。其他武士也披甲执剑，在两名少女引导下，悄悄向正殿深处潜去。

他们穿过几处敞轩阔阁，沿路把守的小鬼都已醉倒，没有任何盘问。众武士轻手轻脚从小鬼们的身体上跨过，来到正殿深处的一座石桥上。过桥后，只见眼前有座大宅，铁门紧闭，门上闩着一根大圆木。这圆木十分沉重，肉体凡躯休想移开。武士们从铁门的缝隙向内望，见宅中灯火通明，密密麻麻排列着十八般兵器，把座大宅都挤得窄了。

就在武士们对大圆木束手无策时，那三位分别来自三座神社的神明，及时出现了。他们向六名武士说道：“汝等历尽艰辛，终于来到此处，妙极。那酒吞童子的四肢，已被我们绑缚在床的四角上，此刻他已动弹不得。赖光负责斩他的头颅，其余五人分斩四肢与躯体，万不可弄错。”说完，轻吹一口气，那根大圆木登时落地。三位神明紧跟着也消失不见。

六位武士对神明相助感激不已。他们按神明的指引，走入宅中。里面正是酒吞童子的寝室。

此际，酒吞童子还不知四肢已被绑缚，正呼呼大睡。酒后的他现出了原形，形貌与之前全然不同：身长二丈有余，赤发倒竖，头上伸出两只犄角，满面是须，四肢大张，手脚似熊掌般肥厚。如此狰狞可怖的样貌，令人观之不寒而栗。

赖光走到酒吞童子的头颅边，其他武士也各自站好，围住四肢躯体。赖光手举“安纲童子切”，心中默祷：“三神明护佑，请助赖光诛妖除魔。”正要挥刀斩下，酒吞童子忽然苏醒，圆睁大眼骂道：“你做什么？混蛋，俺错信了你们几个修验者。”一面怒吼，一面想翻身而起。哪知手脚都已被铁锁绑缚在床的四角上，无法动弹。他只得大吼一声，如雷鸣震耳，惊天撼地。

赖光大喝一声，使尽全力，挥刀急斩而下。随着喊声寒光一闪，酒吞童子身首异处。然而鬼头虽然离开躯体，但依然不死，飞舞在空中，面现怒容，向赖光袭来，企图咬住赖光的脑袋。幸好赖光有星甲盔保护，挡住了飞来的鬼头。鬼头无计可施，只好飞到高空，远遁而没。

其他五名武士配合赖光，挥舞刀剑，将酒吞童子的四肢躯体斩为碎块。酒吞童子就此被灭。

武士们退出寝室，来到庭中，众多小鬼将他们团团围住。副将茨木童子越众而出，毫不畏惧，说道：“尔等杀死大王，岂能轻易走脱？”渡边纲见他凶狠，上前道：“手下败将，看我如何收拾你。”言罢拔刀扑上,奋力厮斗。双方拼死搏杀,刀来剑往,难分胜败。渡边纲力大无穷,号称具三百人之力,但茨木童子情急拼命,渡边纲渐渐难敌。赖光见他快要落败,觑个空当,疾冲至茨木童子身后,挥剑一斩,茨木童子头颅落地。

守城的矶岛童子、钟童子等十余名恶鬼,眼见茨木童子被杀,高声怒吼,悉数扑上。他们知大王既死,自身也难活命,故而舍命来战。

六名武士见众恶鬼已陷疯狂,笑道:“尔等倒也不失勇武。一齐上吧,这才显得出我等武艺高强!”于是各施绝技,奋力斩杀,如风卷残云,恶鬼们逐一丧命。至此大江山魔窟被彻底扫荡,武士们大功告成!

赖光向被掳的少女们喊道:“大家都出来吧!所有恶鬼都已消灭,无须再担惊受怕啦。”刚喊完,遭囚的少女们纷纷逃出,人人喜极而泣,朝着救了她们性命的六武士恭敬行礼道:“各位恩人,你们都是活菩萨啊!大恩大德,不知如何答谢!”凄清之景,令人怜惜。

赖光让少女们先行,自己率武士们断后,一齐离开魔窟。出来后,回首遥望,只见铁堡坐落群山间,雄伟巍峨,但也阴森可怖,使人望之生畏。

众人走在深谷小道上,谷中是累累白骨,万分恐怖。少女们战战兢兢,一眼都不敢望。谁知在白骨堆中,竟然还有人在呻吟。武士们仔细一看，是个十七八岁的少女，已失去了一只手臂，腿上的肉也被割去，只剩下白骨。

赖光急问道："那女子是谁家的？"被救少女中有人答道："那是堀河中将之女。"说完连忙跑入谷中，抱住中将之女，悲声道："姐姐，你真是不幸啊！方才这几位英雄，已将恶鬼尽数诛灭，我们可以回家和亲人团聚了。可你却奄奄一息，我们如何忍心丢下你一人啊？你把遗愿告诉我们，我们回京都后，一定转告中将和中将夫人。"

堀河中将之女听完，声如细蚊，叹息道："你们能回去，真让我羡慕。我重伤在身，好似朝露，顷刻间便要消散。这残缺之躯，若展露人前，当真羞煞人。我此刻心境，已悲凉至无法述说。请将我的头发割下一绺，带回京都，交给我的父母，作为纪念。还有这贴身的衣裳，请转交家母。虽然双亲见到我的头发和衣裳，会悲伤心痛，但这是我能留给她们的最后遗物了。请他们为我祈祷来世之福吧！家母身体不好，请你替我安慰她。好了，那位英雄，请给我一剑，让我了结这痛苦吧！"声音渐渐微弱，终于无声无息。如花般的美好生命，就此逝去。

众人强忍哀恸，终于走出大江山。他们正打算像来时那样，攀过一座又一座山峰、穿过一个又一个山谷时，却忽然发现未走多远，就已来到丹波国附近。这大概也是神明在帮忙吧。

赖光吩咐当地人道:“请尽速备好车马,我等要护送这些名门千金回京。”丹波国国司闻报,赶忙亲自来迎,恭敬有礼。

少女们坐在车上,由武士们骑马护送,归返京都。消息一传十、十传百,很快就传遍京都全城。百姓们聚在道路两旁,连声赞叹,敬佩不已。中纳言池田国方的夫人望见女儿,大喊道:“女儿啊,心肝宝贝,你终于回来啦!”冲上去一把抱住女儿,相拥而泣。身旁众人见了,也不禁纷纷落泪。

源赖光等六名武士入宫面圣,天皇大悦,重重地褒赏了他们。从此这六位勇士威名远震,妖怪闻风丧胆,京都一带的百姓生活又归于长久安定。

而天下第一武士源赖光更以其举世无双之风姿,赢得万民称颂,名动魔武两界,空前绝后!

瓜姬物语

古时，在大和国石上乡，有一对靠栽种甜瓜为生的老夫妻。他们成亲已经多年，却一直苦于无子，每天由早至晚，时刻都为此事唉声叹气："唉，我俩都已年迈，有生之年想有个孩子，恐怕是没希望了。"这个念头长期占据他们的脑海，一想起来就烦恼不已。"神明啊，难道是因为我们前世造孽，今生才受无子之报?"他们反省、自责，却都无济于事。唯有日日虔诚拜神礼佛，祈求上天赐子。

某日，老两口下地干活。老爷爷望见田里有一个十分可爱的甜瓜，便对老奶奶说："瞧，那甜瓜多漂亮，咱们要是有个孩子也像它那么漂亮，就心满意足啦。”

“嗯，这甜瓜的确很漂亮。”老奶奶应道。于是老两口拿来个小桶，将甜瓜装了进去。

两三天后，神明托梦给老爷爷，说：“这里有一个漂亮的绣球，你将它送给自己的孩子吧。”老奶奶也在同一晚梦见自己送了书箱给一个非常可爱的小女孩。老两口醒来后，彼此述说梦境，都说：“可能是我们盼孩子心切，这才日有所思夜有所梦吧。”也没将梦放在心上。

过了数日，老两口又下地忙农活，老爷爷口渴，打算找一个熟透的甜瓜来吃，忽然记起小桶里还放着一个甜瓜，于是开桶取瓜。一瞧，那甜瓜已裂成了两半，一个小小的漂亮女孩，正散发着光芒，站在瓜中。

老爷爷和老奶奶惊讶异常，心想：“前几天做的那个梦，看来就是此事的先兆呀！”他们别提有多高兴了，小心翼翼地将小女孩捧回家，悉心养育。从此后，他们的日子过得快乐多了。

时光飞逝，小女孩渐渐长大，那样貌，妍姿俏丽，花容玉颜，十分讨人喜欢。

老两口瞧着眼里，乐在心里，可是又担心自己百年终老后，小女孩无人照料，难以过活。所以他们日夜祷告，希望小女孩能平安成年。

岁月匆匆，十四五年转眼即过，小女孩已经长成了亭亭玉立的少女。老两口亲切地叫她“瓜姬”。瓜姬肤白胜雪，桃腮杏面，眸含秋水，云髻雾鬟，再加上温柔文静，好似仙女下凡一般。

瓜姬芳名远播，尽人皆知。有位守护代[①]听说此事，便亲自写书信一封，恳求老两口将瓜姬嫁给自己。老爷爷起先不允，以“小女尚幼”为名，拒绝了。但守护代心有不甘，不断去信求婚。老两口经不住他再三苦求，终于答复道：“承蒙大人高看小女，这桩婚事便如您所愿吧。”

婚期渐近，老两口为嫁女而忙碌着。守护代也命人送来丰厚的聘礼。

然而意想不到的是，在老两口家附近，住着一个丑女——天探女[②]，她心怀妄念，打算骗走瓜姬，使自己嫁予守护代为妻。

婚嫁当天清晨，天探女变成守护代府邸的信使，蒙骗老两口说亲家有要事相邀，请他们速速前往。老两口临行前，对瓜

---

①守护代：日本中世纪时期，守护的代官称为守护代。镰仓、室町时代，守护多半居于镰仓、室町，因此任国的事务委任代官代为执行。守护代多由有力家臣担任。

②天探女：又名天邪鬼，日本传说中的一种妖怪，会模仿他人的外表及言行举止，或将他人的言行举止变成相反，借此作乱。

姬千叮万嘱说:“除非是我们回来,否则千万别开门。”

临近正午时,门外忽然有人敲门,唤道:“孩子,开门,奶奶回来了。”瓜姬虽然觉得那声音不像是老奶奶,但仍然把门开了一条小缝,向外张望。只见一个陌生女子手捧鲜花,亲切地对自己说:“这些美丽的花儿,是我采来送你的。请将门开大些,方便把花递给你。”瓜姬非常喜欢鲜花,于是将门稍微开大了些。陌生女子又说:“再开大些吧,至少能让我的手伸进去。”瓜姬又拉大了门缝,哪知女子趁势将手伸进来,推开屋门,直闯入屋。她擒住瓜姬,带到野外,将瓜姬捆绑在一棵柿子树上,然后自己换上新娘的嫁衣,乔装成瓜姬模样,倒卧在床上。

守护代哪晓得中间已变生不测了呢?仍然派出浩浩荡荡的迎亲队伍,欢欢喜喜地来接新娘。众多武士穿着正装随行,排场相当大。假瓜姬低头上轿后,特别叮咛说:“顺着大道直走便可,请留意不要走到柿子树那边。那里十分幽暗,令我畏惧。”迎亲众人听这声音颇显苍老,大感奇怪,却也不便发问。

此时已渐渐天黑,路面昏暗,迎亲队伍不熟路况,原先顺着大道直走,孰料迷了路,错走到了柿子树下。这时,不知何处传来少女的歌唱声,如莺啼婉转,似春鸟欢唱,令人闻之陶醉。轿里的天探女听了,急忙催促道:“春鸟啼鸣随处可闻,别听了,快赶路!”众人虽已听见她的催促,却依然一动不动。

突然,鸟语声变成了人声,说道:

花轿抬来迎新娘,新娘却在树上缚。女鬼反于轿中坐,不可思议惹人疑。

迎亲众人惊讶万分,急将松明点燃,举起向柿子树上照去,发现树上果真绑缚着一个如花似玉的美人。“啊,是瓜姬,怎么回事?”大家慌忙将瓜姬从树上解救下来,又朝轿中仔细看去,穿着嫁衣的居然是个又老又丑的女鬼!大家合力将她拽出轿,请真新娘上轿,急急奔去守护代官邸完婚。

天探女在留守数人的押送下,来到大和国宇陀郡。众人将天探女的四肢全部折断,鲜血流了一地,天探女痛得在松林中打滚,挣扎了很久,最终消失不见。从此她再没在人间现身,世间安宁了许多。秋枫和春季的红花,据说都是天探女的血染红的。

守护代如愿以偿,和瓜姬成了亲。他们互敬互爱,幸福美满,还生了一个大胖儿子。所有人都羡慕他们,齐来祝贺。老两口的日子也越过越好,每天都十分开心。

这样的福分,世间少有啊!

草莽大将

古时,兵荒马乱,民不聊生。有兄弟三人,老大名叫太郎治,老二名叫次郎治,老三名叫三郎治,他们对射箭都十分感兴趣。虽然老父命他们住在山中开荒耕田,但他们只在每日午饭前干一会儿农活,吃完午饭后便专心引弓练箭。技艺越练越高,只要张开各自所制的称手长弓,一箭射出,即便是小飞虫也能射中。

“嘿,咱们的箭术真是出类拔萃。”

兄弟三人彼此夸赞,每天都把全副心思放在模仿武士习武和比箭上,渐渐地将农活荒废了。

春去夏尽，丹枫迎秋。由于兄弟三人对耕田毫不上心，所以入秋后几乎颗粒无收，老父为此又气又急。中秋这晚吃饭时，他对兄弟三人说：

“来，哥儿仨都把酒杯举起来，细听我说。你们成天弯弓搭箭，难道打算去给领主当保镖？那可不成，领主一直都在欺压咱们穷人呢！可是一直像现在这样也不是办法。我给你们十年时间，你们现在就出发，随便去哪里，十年后每人都得带一身有用处的本领回来。今晚这顿饭，就当我为你们送行。”

于是兄弟三人推杯换盏，饱食一顿，喝得醉醺醺的，深更半夜仍在大呼小叫。待到拂晓鸡鸣，他们投杯停箸，郑重其事地对父亲说道：

“那我们就此告辞了！您老人家多保重身体！”说罢，三兄弟一起跪下，恭恭敬敬地给父亲磕了头。

他们带上各自称手的弓箭，离开了家乡。走啊走，腹中饥饿时，就射野鸡大雁、猎野兔麋鹿，在路旁用火烤了充饥。

走了一段路后，三兄弟来到一个三岔路口。

太郎治道：“行了，就在此处分手吧！”

次郎治道：“嗯，那就在此各选一条路吧。”

三郎治听两位兄长说完后，脱下外衣，道：“我们今日在此起誓，绝不忘父亲大人的教诲，定要学到大本领，有益于世间。此心当永远光明磊落，如这袒露的胸怀般。”

太郎治与次郎治一齐点头称是，也将外衣脱下。他们将三件外衣藏于道旁一块大石碑下，并互相约定：“十年后的今天，再到此处相会。”

随后，太郎治选择向东，次郎治选择中间，三郎治选择向西，各奔前程。

先说向东而行的太郎治。他一路前行，时刻不忘父亲教诲，来到一座大城镇。进城后，只见数十名木匠正在造一栋华屋。他们得心应手地立起巨柱、架起横梁，将一座屋子造得画栋飞甍、丹楹刻桷，当真是神工天巧。太郎治看得如痴如醉，对木匠们的手艺十分佩服。

“好，决定了。我就当个木匠吧！总有一天，我会成为天下第一的木匠。”

于是太郎治便拜了木匠为师。

再说选择中间那条路的次郎治，也在反复思考着自己的前途。大哥和三弟的箭术都比自己强，应该会去当武士。但家乡那个领主的确可恶，父亲又一再叮嘱不要给那种人卖命，所以还是去学一件对百姓有益的本事吧。

他边走边想，不知不觉来到一个人烟稠密的市镇。远处传来有规律的叮叮当当声，震动耳膜。他循声望去，原来是数十名铁匠在打铁。红红的炉火映着他们裸露的胸膛，泛出古铜色的光芒。镰刀、锄头、刀剑在铁匠的锤打下，一件件锻造而出。次郎治对铁匠们的手艺羡慕不已。

“好,决定了。我要当个铁匠,这行真了不起! 总有一天,我会成为天下第一的铁匠。”

于是次郎治便拜了铁匠为师。

那么,三郎治又去了何方? 学到了什么本领呢? 时光飞逝,关于他的讯息,一直无人知晓。

樱花开了又谢,转眼已过去十年寒暑。

大哥太郎治信守十年之约,第一个回到当年三兄弟分手的三岔路口。如今,他已经是一位知名的木匠,手下的徒弟有数百人之多。随后,二郎治也回到了三岔路口。他现在的身份是一位著名的铁匠,所传授的弟子也有数百人。兄弟相聚,分外亲热,拉手拍肩,彼此互贺学艺有成。

“二弟,你如今誉满天下,声名传到东部,我都知道了。”

“大哥,你也是名扬四海啊! ‘天下栋梁’的美称,我也知道了。”

“可是三弟去了何处? 他的消息你知道么?”

“完全不知啊! 他究竟去了哪里? 干了些什么呢?”

就在两位兄长猜测弟弟的下落时,三郎治也回到了三岔路口。他上身精赤,肌肉虬结,虎背熊腰,目光冰冷如利剑。

“三弟,你……”

“三弟,这十年中,你在何处? 做些什么?”

三郎治冷冷地答道:“我落草当了草莽大将。”

“什么? 你,你竟然当了强盗! 唉!”

两位兄长惊得瞠目结舌,半晌说不出话来。

不过在这战争频仍的乱世,万事颠沛无常,三兄弟能在分别十年后,平安相聚,终归是件令人开心的事。他们一起走到路边的大石碑旁,准备掀开石碑,取出当年保存在碑下的外衣。十年前,三兄弟齐心协力,才能掀开大石碑。但今天,三郎治只用单手,就轻而易举地将大石碑掀开了。

“啊,不得了!”两位兄长惊呼。

这时,二三十步开外,忽然有条眼镜蛇向他们袭来。

“毒蛇!”太郎治刚喊出声,三郎治已飞起一块石头,正中眼镜蛇头部。眼镜蛇登时毙命。

“不愧是草莽大将啊!”两位兄长再度惊呼。

“我虽是草莽大将,但当年立誓所言时刻未忘,定会永远光明磊落,为民造福。”

“若果真如此,再好不过。”太郎治和次郎治异口同声道。

三兄弟欢欢喜喜,并肩还乡。

这时他们的母亲已经离开了人世,父亲也已满头白发,正孤身在屋门前清洗芋头,见三个儿子一同归来,高兴得热泪盈眶:

“孩子们,你们终于如期归来了。”

父子一道进屋,老父一面嘘寒问暖,一面取出清酒,为儿子们接风。

彼此劝酒,喝了一阵,父亲问道:

“你们在外头都学了啥本事?来,太郎治,你先说,再把你那本事当场演练演练。”

太郎治答道:“我学了木匠的手艺。”

说完,站起身,将家中的木料收集到手边,迅速地造出一间小木屋,技艺娴熟,手工精巧。

父亲看了,欢欣赞叹道:“这手艺好!木匠里头,你能算得上天下第一了。好得很啦!那么二郎治,你学到了啥本事?”

二郎治答道:“我学了铁匠的手艺。”

说完,找来废铁,在大哥方才造的小屋前生起红红的炉火,很快就打出一把镰刀、一柄锄头。那打铁声叮叮当当的,听起来十分悦耳。

父亲高兴地笑了,赞道:“嗯,这手艺也很好!铁匠里头,你能算得上世间第一了。了不起!那么三郎治,你学到了啥本事?”

三郎治大大咧咧地将酒一口喝干,答道:“我当了草莽大将!”

“什么?草莽大将?”父亲顿时怒形于色,骂道,“你这个混蛋,竟然当了强盗！太给我丢脸了,你滚,马上滚!”

两位兄长急忙劝父亲道:“您别生气,这年月即便落草为寇,也未必是坏事。三弟也可以劫富济贫,锄强扶弱。您不是叮咛我们,只要学的本领对老百姓有益就行么?”

“你们俩别替他狡辩。三郎治,你说,你这个强盗,能干啥好事?”

“父亲打算让我干什么,我就干什么!”

“我让你干什么,你都能办到? 那……”辛苦一生的老父,低头沉吟着,喃喃道,“其实,我很想要一匹马。咱们农民种地很难啊,要是有匹马,就能减轻劳累。”

父亲说完,抬头一看,三郎治早没了踪影。

“咦,三郎治人呢?”父亲和两位兄长呆住了。过了半晌,父亲长叹一口气,说:“这孩子的本事,挺神奇的。”

父子三人开始围绕三郎治聊了起来,过了没多久,一阵“嘚嘚嘚”的马蹄声由远处传来。眨眼间,三郎治骑着一匹骏马已奔到面前。这匹马不得了,身高八尺,龙脊骏骨,一望便知是上等良驹。三郎治身手矫健,纵跃下马,对父亲道:“这是您要的马。还想要什么吗?”

父亲厉声问道:“这匹马从哪儿弄来的?”

三郎治从容答道:“领主的马厩。”

“你……”父亲一把夺过缰绳,拉着马朝三郎治来时的方向走去。

太郎治急道:“三弟,你怎么把领主的马给盗来了? 他一定会追究的。”

二郎治也惶恐道:“三弟,领主的心狠手辣是出了名的,他若抓到你,会把你斩首的。这可如何是好?”

三郎治纵声大笑,对两位兄长道:

“大哥,你号称‘天下栋梁’,能对付得了领主吗?”

“这……”

“二哥,你身为技艺超群的铁匠,能对付得了领主吗?”

“这……”

“可是我却有办法对付领主。”

三郎治说完,径直入屋歇息。

黄昏时,父亲喘着粗气回到家中。

“三郎治在哪里?”

三郎治应了一声。

父亲在门口坐下,气喘吁吁地说:“那匹马,我牵去还给领主了。那领主心肠毒得很,别指望他会善罢甘休。这不,他给三郎治出了个难题。他说自己有个百宝箱,三郎治要是有本事把百宝箱盗到手,他就甘拜下风,情愿将百宝箱送给三郎治。否则的话,就要处死三郎治。孩子,你看咋办? 那百宝箱能盗出来吗?”

三郎治一直懒洋洋地躺着，听父亲把事情说完，忽地翻身坐起，说道：“不是啥难事，我今晚就去把百宝箱盗出来。你们在家等着，明天天亮，就能见到我凯旋了。”

“你说得轻巧。领主的城堡里养着恶虎和野牛，还有不少武士，个个武艺高强。那匹名驹千里追风，你就算盗得来也跑不掉啊！虽然是草莽大将，怕也只能束手无策了。”

“那些都算不了什么。父亲，您别忧心了，领主想撒下香饵诱大鱼，我就给他来个将计就计。不过去之前，要请两位兄长帮帮忙。”

太郎治和二郎治毫不犹豫地就答应了，三弟让他们做什么都行。

三郎治请大哥砍来两根长竹竿，发挥木匠技艺，帮自己做一架长梯；请二哥发挥铁匠技艺，帮自己打一条能锁缚十余人的铁链。嘱托完，他转身进到厨房，闷声不响地准备自己的工具。

领主在城堡中布下天罗地网，打算以百宝箱为饵，诱杀三郎治。城堡的第一扇门，安排了两只吃人恶虎；第二扇门安排了两头凶狠的野牛；第三扇门布置了八名武艺高强的武士防守。此外，又在城堡各个角落燃起火把，明岗暗哨密布，只等三郎治前来送死。

领主的城堡中，点着数不清的火把，映得夜空亮如白昼。

一更已过，不见三郎治；二更又过，仍不见三郎治。“瞧这阵势，他今晚应该不会来了。”八名武士已困得昏昏欲睡，放松了警惕，倒在地上打起了呼噜。但吃人恶虎和凶狠野牛，却毫无倦意，大睁着眼守在前两扇门前。

三更时，三郎治悄无声息地潜到城堡下。他腰别三把镰刀，背负一个大包袱，架起长梯，越过壕沟，登上城墙，来到第一扇门上方。他从大包袱中掏出一大块肉，用镰刀钩住，挂到一根高柱上，小声说：“老虎，老虎，快去吃肉。”

两只恶虎见到柱上的肉，争抢着跑到柱下，不断跃起，要吃那肉。但柱子很高，恶虎一直无法够着，于是不停地跳起身，没空去理会三郎治了。三郎治趁机通过第一扇门。

在第二扇门上方，三郎治又从大包袱中取出一袋豆子，高悬在门上，而后用镰刀将袋子钩破一个小洞，豆子缓缓撒下。他又小声说：“野牛，野牛，快去吃豆子。”

两头野牛抬头一看，大门上边有最爱吃的豆子，赶忙跑上前大嚼起来，也不去理会三郎治了。三郎治成功通过第二扇门。

三郎治蹑手蹑脚挨近第三扇门，八名人高马大的武士此刻都已打着呼噜睡熟。三郎治取出铁链，将他们的脚锁在一起。

前面就是领主主宅的大门了，三郎治轻轻打开门，走入大宅。宅中一块巨石旁，拴着那匹千里追风的名驹，马鞍、马镫一应齐全。三郎治拿起一些草料，给马喂食，而后慢慢地卸下马鞍，放到巨石上。

“万事俱备，可以动手取百宝箱了。”

三郎治首先熄灭宅中火把，潜入内室。领主的夫人，正抱着婴孩沉睡。三郎治无声无息地将被褥掀起，把放在小几上的一碗糯米粥，抹到婴孩屁股上。接着，他悄悄摸进领主寝室。一对镶金的镂空灯笼，将屋内照得亮堂堂的。领主将头枕在百宝箱上，酣睡入梦。箱旁有把出鞘宝刀，寒光闪闪。

“嘿嘿，布置得倒挺周详。”三郎治眼珠一转，计上心来，拎起案上的茶壶，飞身上梁。他攀附梁上，将壶口对准领主嘴巴，慢慢地将水滴下去。凉水滴在领主脸上，领主登时惊醒，骂道：

“死老鼠，竟敢尿我一脸。”

领主翻身抓起宝刀，四下寻找老鼠的踪影。三郎治飞速下梁，将百宝箱挟在腋下，疾步冲至屋外，来到巨石旁，将名驹缰绳解开，一跃上马，双腿用力一夹，策马而去。

领主回过神来，在寝室中大声叫嚷着：“来人，快来人，抓盗贼啊！”

领主夫人被叫嚷声惊醒，手一摸，只觉怀中婴儿的屁股黏黏糊糊的，她以为是孩子的粪便，急道：“哎呀，怎么又乱拉屎?”赶紧去取尿布为婴儿更换,对于盗贼也无心理会了。

领主挥舞宝刀,摸黑奔至巨石旁,要骑马去追,慌乱中跌了一跤,爬起身跨上马鞍,使劲夹了两下,要催马快跑。哪知马鞍先前已被三郎治卸下,安到了巨石上。领主黑灯瞎火的看不清,骑在了巨石上。他发觉后,恨声骂道:“混蛋!”从石上跳下,奔向第三扇门,高声呼唤那八名武士:

“抓贼,快抓盗贼!”

八名武士一惊而醒,立即起身,谁知脚已被铁链锁到一起,个个仰天跌倒。领主见到他们的狼狈相,只好气急败坏地冲向第二扇门。

可是,把守第二扇门的两头野牛,正津津有味地吃着豆子呢。

领主火冒三丈,把最后的希望寄托在第一扇门。可第一扇门的两只恶虎,这时还在不停跳跃着,要吃柱子上的肉呢。

拂晓时,天色微明,三郎治胯下骑着千里追风驹,返回家中。他放下百宝箱,笑着对父亲和两位兄长说:

“百宝箱到手啦,领主那匹名驹现在又是咱们的了。”

父亲惊喜交集,担心地呵斥道:

“你,你怎么把千里驹又盗来了?领主虽然答应咱们只要将百宝箱盗去,就承认你有本事,把百宝箱送你。但你也不能盗了他的宝马啊!这是要杀头的。”

“哈哈，如果怕死，就不当草莽大将了！我这次是替受欺压的百姓，教训教训这个坏领主。父亲、二位兄长，你们要是还需要什么，尽管对我说。”

“这……你……”

“父亲、大哥、二哥，好汉做事好汉当，领主要是来找麻烦，让他去山里找我吧！父母的养育之恩、二位兄长的教诲，我终生难忘。我会永远做一个光明磊落、有益于百姓的人。别了，请你们多多保重。这百宝箱就留给你们了。”

三郎治郑重地跪下，给父亲和两位哥哥磕了头，而后跨上千里追风驹，在豪爽的大笑声和名驹清脆的马蹄声中，向着朝霞绚丽的远方，飞驰而去……

螺蛳夫君

古时，有一对夫妻，给庄园主当牛做马，任劳任怨，辛苦了半辈子，却依然穷苦卑微。眼看着年过四旬，膝下仍无一子半女。夫妻俩日日犯愁，心想只要能有孩子，哪怕是只青蛙，或者是个螺蛳都可以。他们为此经常向龙王爷祷告。

某个炎夏的午后，骄阳似火，妻子在田间干农活。她一边在热气蒸腾的泥水中拔除杂草，一边用反复求恳了无数次的那句话祷告道："龙王爷，求求您啦。不管怎样，赐一个孩子给俺传宗接代吧！哪怕是在田边跳来跳去的青蛙，或者像泥水里的螺蛳也可以啊！"

她刚刚祷告完，忽然腹中一阵剧痛，痛得她直不起腰来，只好拼命捂住肚子，回到家中。她本想忍一忍，哪知越痛越厉害，最后实在忍不住了，急得丈夫团团转。夫妻俩贫苦半生，有病从未买药，更别提请大夫了。最后丈夫只好去请隔壁的接生婆来瞧瞧。

接生婆进屋一看，吃了一惊，说道："这可不是生病，是要分娩啦。"夫妻俩出乎意料，也大吃一惊，一时间不知所措。忽然，丈夫恍然大悟，急忙跪倒在地，朝天叩谢道："多谢龙王爷赐子。求您保佑贱内顺利安产吧！"

仅仅过了片刻工夫，孩子就诞生了。令人讶异的是，竟然真的是个螺蛳。尽管如此，夫妻俩仍然觉得这是龙王爷显灵赐给他们的孩子，因此无论孩子怎样，都要开开心心地接受才对。

"即使是螺蛳，也是咱们的孩子啊！"

"嗯，而且是龙王爷赐的孩子。"

于是，夫妻俩小心翼翼地将螺蛳放入木碗中，倒进清水，而后摆到神龛上，精心养育。

一转眼二十年过去了。夫妻俩虽然百般关爱呵护，但螺蛳宝宝除了略微吃些食物外，就是不见长大。夫妻俩年过四旬才得子，二十年后的如今，他们都六十多岁了。

这天，老迈的父亲一面将上缴庄园主的年贡米勉力往马背上放，一面悲叹道："唉，真是穷人苦处多。即使龙王爷给咱赐了个儿子，可整整二十年了，螺蛳依旧是螺蛳，连一声'父亲、母亲'都不懂得叫。看来俺命中注定没有子孙福了。"

他话音刚落，就听到一个声音传来："父亲，今天缴米的活儿，就让我帮你去办吧！"

老父亲惊讶不已，急忙睁大眼睛，向四周搜寻。但仔细看了一遭，未见半个人影，只好问道："是谁在叫父亲？"

"是我，您的儿子——螺蛳。您养育了我二十年，现在我该做点儿事，来报答您啦。您就让我去缴米吧。"

天哪，整整二十年不发一言的螺蛳，今天竟然开口了，还说得这么流利。老父亲既惊又喜，慌忙将螺蛳从神龛上的木碗中取出，把他放到装米的马背上。老母亲闻声也跑到螺蛳旁边，高兴地问这问那。

螺蛳向双亲说道："爹、娘，我去送米了，很快就回来。哦吁，驾——"

螺蛳像一个成年人那样，娴熟地驾马离家。老父老母放心不下，紧跟其后。行出一段路后，螺蛳道："爹、娘，二老别担心，请回吧。我一定会平安送到的。"老两口眼见儿子马技娴熟，便停下脚步，目送他越行越远。只听见儿子"哦吁，驾——"的吆喝声遥遥传来，那匹马跃过水沟，跑过小桥，走上了大路。

螺蛳用嘹亮的嗓门唱起了谣曲：

马龄三岁，我年二十；

陡坡险路，如履平地。

高瘦的驽马和着谣曲声，晃着套在脖子上的马铃，叮叮当当的，迈着略显衰老的步伐，昂首向前。

道路上的行人都十分吃惊，议论道："真奇怪呀，那匹瘦马一定是某个穷农户的，但是谁在唱曲呢？"

这时，目送儿子离去的老两口，一直到望不见马的身影了，才转身回到家中。

"瞧他那驾马的本事，应该不会出问题，能平安将米送到大人家。"

"希望他别出意外啊！那可是龙王爷赐的孩子呢！"

老两口在家中不停向天膜拜，祈祷龙王爷保佑螺蛳顺利办完事。

螺蛳却满不在乎，驾马一路前行，遇上道路崎岖不平，就"哦吁"地吆喝着，赶着马绕道，终于来到了庄园主的府邸。

"喂，出来收年贡米啦。"螺蛳高声喊道。

庄园主宅中有几个男仆闻声走了出来，瞧了瞧，只有一匹马站在门口，不由得奇怪道："咦，刚才谁在叫唤？"

一个声音答道："是我在叫唤。我是螺蛳。因为身体太小，所以无法卸货，真是对不住。有劳各位，帮我把米卸下来。

另外，别压到我，把我放在走廊那边即可。”

男仆们认真看了看，见马脖子处有个螺蛳，就是这螺蛳在答话。霎时间，他们吓得魂飞魄散，急急忙忙逃入宅中，向庄园主喊道：“大人，大人，今天来送米的，竟然是个螺蛳！”

庄园主和宅中所有的仆人，全都跑到宅外，仔细打量螺蛳。螺蛳就是螺蛳，那样子和普通螺蛳也没什么不同，但竟然会说人话，这让庄园主吓得不轻。很久以前，他就听说龙王爷赐了个孩子给那对老农夫妻，但绝没想到的是，这个孩子是个螺蛳，而且还说人话，会帮人干活。庄园主打算和螺蛳好好谈谈，于是请螺蛳来到宅中，款待他吃饭。螺蛳如蚕食桑叶，慢慢地将米饭吃完，最后说道：“米饭味道甚好，还想喝点儿汤。”庄园主心中愈发惊奇，默思道：“这个螺蛳不简单，能说会道还聪明。我得想法子把他据为己有。可是那农夫虽然穷，如此稀罕的宝贝，又岂会轻易拱手相让？”

他脑筋一转，说道：“螺蛳少爷，其实你父亲和我父亲、你祖父与我祖父，都是老交情了。咱们两家情谊深厚，向来不分彼此。所以我打算嫁一个女儿给你，不知你是否愿意？”

“庄园主大人，您说的当真？”

“当然！绝无虚言。我的两个女儿，任由你选一个。”

于是，螺蛳和庄园主订下了婚约。

与此同时，螺蛳的老父老母正在家中忧心忡忡：“天都黑了，怎么还不回来呀？会不会是出了意外受了伤呢？”

老两口急得团团转，正发愁时，螺蛳骑着马回来了。他用自豪的口吻，高兴地宣布道：“爹、娘，庄园主已经和我订下婚约，要把女儿嫁给我啦。”

老两口闻言哪里肯信，思来想去，认为一定是螺蛳听错了，于是请那位接生婆去帮忙再问问。

庄园主笑着对接生婆道：“此事并非虚言。只是尚未定下是哪个女儿出嫁，请在此稍候，我唤她们出来。”

庄园主对两个女儿说道：“我打算在你们俩中选一人嫁给螺蛳，你们看看，是姐姐去，还是妹妹去？”

姐姐一听，立时面色大变，怒道：“什么？堂堂庄园主千金，岂能嫁给螺蛳？我不去！”说完，一脚踢开坐垫，怒冲冲地走了。

庄园主“唉”了一声，扭头望向妹妹。妹妹诚恳地说道：“既然父亲大人已然订下婚约，绝不能失信，那就让我去吧！”

接生婆有了明确的回复，便赶回螺蛳家报喜。

成亲那天，由于螺蛳家境贫寒，又无亲戚，所以在场的只有老父、老母、接生婆，以及一位邻居老婆婆。尽管如此，婚礼依然温馨甜蜜，新郎新娘都觉得很幸福。

螺蛳能娶到这么一个比花还美的妻子，穷苦的家中登时亮堂起来。新媳妇虽说是庄园主的千金，却没有半分娇气。

她孝顺二老,诚恳待人,大家都很喜欢她。每当她下地干活时,都把螺蛳夫君掖在腰带中,或者放到肩膀上。夫君虽然是螺蛳身,但由于是龙王爷所赐,因此无所不知。小夫妻俩在一起谈天说地,欢声笑语,生活倒也不觉得苦了。

不知不觉,春天将至,新媳妇要回门了。她和螺蛳商量,决定等过完四月初八药师如来庙会后回娘家。转眼到了四月,樱花灿烂、百鸟啼鸣,一连数日风和日丽。四月初八庙会这天,新媳妇掏出压箱底的新衣,打扮得美丽动人,前去逛庙会。那花容月貌,恐怕只有天仙才有。

打扮好后,她对螺蛳夫君说道:"你和我一起去好吗?"

"也好。那你带上我吧。天清气朗,正适合外出赏景。"

于是,夫妻俩一起去逛庙会。

新媳妇与平常一样,将螺蛳掖在腰带中,边走边聊。路上的行人见到,都讶异道:"呀,快瞧,那美貌女子有点不对劲儿啊,怎么自己跟自己说笑?是不是有疯病?太可怜了。"

小夫妻俩听到非议,也没放在心里。片刻后来到药师如来寺的第一个鸟居[①]前,螺蛳说道:"我有事要办,就不进去

---

①鸟居:一种类似于中国牌坊的日式建筑,常设于通向神社的大道上或神社周围的木栅栏处。日本人认为鸟是人类灵魂的化身,其中有好的灵魂,也不乏肮脏的灵魂,不能让鸟接近神社,所以在各个神社的正门前二百米处建起"开"字形牌坊,名为鸟居。鸟在此居住,就不会飞入神社。

了,你自己去参拜吧。我在此处等你。”

新媳妇就将螺蛳放到田埂上,叮咛道:“那你要多加小心哦,别叫乌鸦给吃了。我很快就回来。”说完,向寺庙正殿快步行去。

她参拜完药师如来,回到田埂旁,却不见了螺蛳夫君。这可把她急坏了,慌忙在周围寻找,但遍寻不获。她伤心极了,心想丈夫一定是被乌鸦叼去了,或者掉进水田了。为此,她又卷起裤脚,下田寻找。可这时候已是四月天,水田里有数不清的螺蛳,找起来很不容易。她将螺蛳逐一拾起,认真细看,没有一个是夫君。找了很久还找不到,她心中焦急,不由得小声唱道:

圆鼓鼓的夫君啊,

你是我的好心肝。

是不是傻乌鸦把你叼走了?

请你一定答应声。

她一边唱,一边不顾泥泞,从水田这头走到那头。泥水溅到她的头上、脸上、漂亮的新衣上,但一直找到日暮时分,仍然寻不见丈夫。逛完庙会回家的人们见到这幕情景,纷纷议论道:

“瞧,那女人看上去挺美的,没想到是个疯子。”

“是啊,是啊,可惜了。”

行人们唾沫横飞，指手画脚地从田埂旁走过。

新媳妇找到最后，实在是累坏了，忍不住泪下涕泣，心想夫君肯定是被乌鸦叼去当食物了。如此一来，自己活着也没意义了，于是她便想沉入泥田自尽。就在她双手合十，迈步向水田深处走去时，忽然身后传来一声："你在做什么？"

啊，那是夫君的声音。新媳妇浑身颤抖，扭头一看，却哪里是夫君呢？原来是个俊朗的后生，站在自己身后。眼见并非夫君，新媳妇又要自沉。她悲哀地对那后生说道："我的夫君不见了，我活着也没意义了，只好自尽，你别拦我。"

后生笑道："哈哈，没认出来吧？我就是你的夫君啊！我是螺蛳。"

新媳妇垂着双手，默然不语，直愣愣地盯着那后生，将信将疑。

后生道："多亏了你的真心，感动了龙王爷，让我由螺蛳变成了人身。我刚刚从龙王爷那儿道谢完回来，幸好赶得及阻止你自杀。"

这声音、这腔调，千真万确是螺蛳夫君啊！新媳妇狠狠地拧了拧自己，确定不是在梦中，随即"呜呜呜"地放声大哭。她流着泪，朝天叩首，拜谢了龙王爷，然后跟夫君回到家中。

老父老母见自家的儿媳妇和一个陌生的后生在一起，浑身满是泥水，一时不知所措。等问明缘由后，惊喜不已，立刻赶去庄园主府邸报信。庄园主也是大喜过望。

小夫妻俩在庄园主的帮助下,在镇里盖了座大宅,从此和和美美地生活着。螺蛳夫君勤劳能干,很快就成了当地人人皆知的富翁。

舌切雀

很久以前，在一个小山村里，住着一对老夫妻。老爷爷心地善良，老婆婆却性情乖僻。一天清晨，老爷爷拉开障子门，见到一只翅膀受伤的麻雀，跌落在门前台阶上。麻雀啪嗒、啪嗒地呼扇着翅膀，但已经飞不起来了。老爷爷急忙拾起麻雀，放在掌心里，帮它疗伤，又喂它食物吃。然后将麻雀放进一个小笼中，让它静静养伤。

在老爷爷的精心照料下，麻雀的伤经过一段时间，渐渐好了，活泼地在笼子里蹦来跳去。老爷爷打开笼子，说："雀儿、雀儿，你的伤已经好了，如果愿意的话，就飞回大山或者森林里去吧。”但麻雀却留了下来，对着老爷爷欢快地唱起了感激的歌。

从此以后，当朝阳在每天清晨将金光洒向山边时，麻雀就跳到屋檐上，唱起快乐的歌。老爷爷因为要早起干活，所以对麻雀的歌声十分喜欢。

可是，老婆婆却特别讨厌一大早就被麻雀吵醒，而且她对丈夫经常喂食物给麻雀吃，也很不乐意，因为家里穷，她担心麻雀把食物吃完了。其实，一只小小的麻雀，又能吃得了多少呢？

这天，老爷爷要去山上砍柴，临走前对老婆婆说：“别忘了给雀儿喂些吃的。”说完就走了。

老婆婆拿着衣裳去河边洗，洗了很长时间，忘记给麻雀喂食了。麻雀肚子饿极了，便飞到厨房，看到有一碗米糊。它实在饥饿难忍，就舔了一口，接着忍不住又舔了一口，一口接一口，最后竟把米糊全舔光了。

老婆婆回家后，见到盛米糊的碗竟然空了，再看看麻雀鼓起的肚子，登时明白了。她生气地骂道：“你这贪嘴的坏东西，我辛苦熬的米糊，自己舍不得吃，你倒替我吃了个干净。”

本来就很不喜欢麻雀的老婆婆，盛怒之下，抓起剪刀，剪掉了麻雀的舌头。麻雀痛苦地从老婆婆手中挣脱出来，带着满嘴鲜血，哀号着逃出老爷爷的家。

黄昏时，老爷爷挑着柴回到家，一进门就问："老婆子，我回来了。小麻雀去哪儿了？怎么没到门口迎接我呢？"

老婆婆余怒未消，愤恨地说："那只该死的麻雀偷吃了我的米糊，我剪了它的舌头，把它赶走了。"

老爷爷又急又气，说："偷吃一碗米糊就剪掉它的舌头，这么残忍的事，你也做得出？真是太可怜了，我要去把麻雀找回来。"说完，他冲出家门，踏上寻找麻雀的路途。

可怜的小麻雀这时已飞回自己的巢。它再也无法唱歌了。

老爷爷翻山越岭，四处寻找麻雀，一面走，一面喊着："雀儿，你在哪里？"他向每只从身边飞过的鸟儿询问："你们知道断舌的麻雀住在哪里么？"向每只从身旁蹦过的兔子询问："你们知道断舌的麻雀飞去哪里了吗？"

就这样边走边问，来到一座桥前。再往前该怎么走呢？

正在犹豫时，只见一只蝙蝠倒挂在树上打盹。老爷爷上前问道："蝙蝠啊，你知道断舌的麻雀住在哪里么？"

"跨过这座桥，再攀上那座山。"蝙蝠回答完，又睡着了。

老爷爷跨过桥，攀上山，又走到了一个岔路口前，这回该怎么走呢？

这时他看见一只小田鼠在草丛中，便上前问道："田鼠啊，你知道断舌的麻雀飞去哪里了吗？"

“翻下这座山,再穿过那片森林。”小田鼠答道。

于是老爷爷翻下山,穿过森林,来到一条小河边。有个马夫正提着木桶,为一匹高大的马刷洗。

老爷爷赶紧上前打听:“请问,您看见一只断了舌头的麻雀飞过这里么?”

马夫斜眼瞧了瞧老爷爷,说:“看见过啊!那只麻雀真可怜,是你剪了它的舌头?”

老爷爷低着头,嗫嚅说:“其实……唉。我现在要去给它道歉。请告诉我,它飞去哪个方向了?”

马夫冷笑着说:“可以。但你要先把这只桶里的脏水喝了。”

为了找到麻雀,老爷爷二话不说,咕咚咕咚,将桶里的脏水全喝了。

马夫说:“你往前走,前面有片草地,那里有个牛倌,你到了那里再问问他吧。”

老爷爷照马夫说的,来到了草地,果然有个牛倌在这里放牛。他又上前打听:“请问,您知道一只断了舌头的麻雀飞到哪里去了么?”

牛倌冷眼瞧着老爷爷,说:“看见过啊!那只麻雀真可怜,是你剪了它的舌头?”

老爷爷再次低着头,嗫嚅说:“其实……唉。我现在要去给它道歉。请告诉我,它飞到哪里去了?”

牛倌冷笑着说:“可以。但你要先帮忙把牛喂饱。”

为了找到麻雀,老爷爷二话不说,埋头拔了很多草,把牛喂得饱饱的。

牛倌说:“你再往前走一段,有一片竹林,那就是麻雀的家了。”

老爷爷十分高兴,急忙走向竹林,果然看见了雀巢。

“小麻雀,你在家吗?”

“它在呀!”雀爸爸和雀妈妈迎了出来。

老爷爷高兴地说:“我可以看看它吗?”

雀爸爸和雀妈妈回答说:“当然可以呀。可惜它现在无法说话了。”

老爷爷终于见到了小麻雀,他愧疚地说:“雀儿,你受委屈了,是爷爷没照顾好你。我是来向你道歉的,请你原谅。”

小麻雀拼命摇头,似乎一点儿也不怪老爷爷。雀爸爸和雀妈妈说:“您别内疚了,我们知道不是您的错。再说,当初也是您救了我们的孩子啊。”

小麻雀飞到老爷爷面前,热情地把老爷爷领进家。雀爸爸和雀妈妈摆出了米饭、鱼肉和水芹,盛情招待客人。小麻雀还跳起了精彩的“雀舞”助兴。

用过晚餐,天色已黑,老爷爷道谢说:“多谢你们一家的热情款待，我该回去了。”

小麻雀取出两只竹篮，雀爸爸和雀妈妈说：

“请您选一只中意的竹篮，我们把它送给您。”

两只竹篮一大一小，大竹篮看上去装满了东西，沉甸甸地；而小竹篮看上去很轻。老爷爷心想，那只大篮子可不能拿，里面很可能装了麻雀一家的全部家当。于是他说：“我上了年纪啦，重物也拿不动，就拿小竹篮好了。”

老爷爷提着竹篮，翻山过桥，回到了家中。老婆婆见他带了一个竹篮回家，便凑上来看。老爷爷打开竹篮，眼前登时一片金光灿烂。原来小竹篮里装了一堆金币，还有一卷卷的丝绸。他十分高兴，说：“雀儿拿了一大一小两只竹篮给我挑，我不愿多拿，所以拿了小竹篮回来，没想到里面竟有这样好的东西。”

一旁的老婆婆听了，立刻沉下脸，怒骂道：“你这个蠢货，为什么不拿那个大竹篮？小竹篮里都装了这么多值钱货，大竹篮里该有多少宝贝啊！看来我要亲自跑一趟了。”

次日清晨，老婆婆也出门了。由于老爷爷已将路途怎么走告诉给她，所以她很顺利地找到了麻雀。

为了那个大竹篮，老婆婆假装愧疚地对小麻雀说：“雀儿啊，真是对不起，我不该剪了你的舌头。请你原谅我吧！”

小麻雀对老婆婆的虚伪很反感，但依然有礼貌地接待她，并摆出食物给她吃。等到老婆婆吃完要回家时，小麻雀一视同仁地取出一大一小两只竹篮，请老婆婆挑选。贪心的老婆婆当然选了那只沉甸甸的大竹篮。

大竹篮相当重，老婆婆提着它走在路上，气喘吁吁。更奇的是，大竹篮竟越来越重，压得老婆婆几乎走不动路了。她时不时停下来歇歇脚，累得筋疲力尽，终于在天黑透时，走到家附近。她暗暗琢磨着："竹篮这么重，装的宝贝一定很多，我可不想分给那个糟老头子。嗯，就在这里打开吧。"

于是她迫不及待地打开大竹篮，想瞧瞧里面到底有什么"宝贝"。哪承想竹篮里蹿出一堆蛇、蜈蚣、蜥蜴、马蜂、蛤蟆等恶心的东西，令人毛骨悚然！接着又飞出许多奇形怪状的妖怪，张牙舞爪、龇牙咧嘴，把老婆婆骇得面色苍白、连声惨叫，慌忙一溜烟逃回家中。

老爷爷听她上气不接下气地说完事情经过，责备道："那么可爱的小麻雀，你竟然剪了它的舌头，还要去找它索要大竹篮，真是太自私、太贪婪了。所以这是对你的惩罚啊！从今以后，你要爱护小动物，不能再贪心了。"